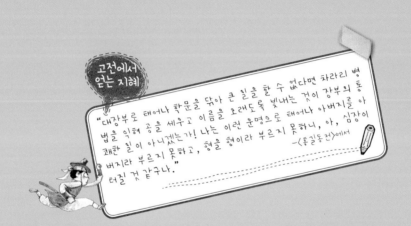

고전에서 얻는 지혜

"대장부로 태어나 학문을 닦아 큰 일을 할 수 없다면 차라리 병법을 익혀 공을 세우고 이름을 오래도록 빛내는 것이 장부의 통쾌한 일이 아니겠는가! 나는 이런 운명으로 태어나 아버지를 아버지라 부르지 못하고, 형을 형이라 부르지 못하니, 아, 심장이 터질 것 같구나."

- 〈홍길동전〉에서

이 읽으면
읽을수록 논술이 만만해지는

우리고전 읽기 ②

엮은이 김정연

국어교육과를 졸업하고 중학생에게 국어를 가르치다가 책 만드는 일을 시작했습니다. 어른과 아이들을 위한 책을 편집하고 엮는 일을 하고 있습니다. 엮은 책으로는《읽으면 읽을수록 논술이 만만해지는 한국 단편 읽기 1》이 있습니다.

그린이 김 홍

서울에서 태어났으며 서양화를 공부했습니다. 어린 시절에는 하얀 종이만 보면 그림을 그리고 싶어하는 꼬마 화가였습니다. 무엇보다도 어린이들의 꿈과 희망이 가득한 동화를 그리는 것을 좋아합니다. 대표작으로《읽으면 읽을수록 논술이 만만해지는 우리 고전 읽기 1》과《절대 뒤돌아보지 마》,《난 꼭 해내고 말 거야》가 있습니다.

우리고전 읽기 ②

2012년 7월 10일 1쇄 발행
2021년 9월 30일 2쇄 발행

엮은이 김정연
그린이 김홍

기획 이성애 | **디자인** 김성엽의 디자인모아 | **마케팅** 한명규

발행인 한성문 | **발행처** 가람어린이

출판등록 2002년 9월 16일 제2002-000291호
주소 서울시 마포구 망원로71 자연빌딩 302호
전화 02-323-2160 | **팩스** 02-323-2170
전자우편 garambook@garambook.com
블로그 blog.naver.com/garamchild1577
페이스북 facebook.com/garamchildbook
인스타그램 instagram.com/garamchildbook
트위터 twitter.com/garamchildbook **유튜브** 가람어린이 tv

ISBN 978-89-93900-24-8 64810
ISBN 978-89-93900-26-2 (세트)

일
읽으면
읽을수록

논술이 만만해지는

김정연 엮음 | 김홍 그림

우리고전 읽기 ②

가람어린이

아이의 생각을 깊게 해 주는
우리 고전

고전이 사랑받는 데는 특별한 이유가 있습니다. 어느 시대의 누구라도 공감할 수 있는 매력적인 이야기가 담겨 있기 때문이지요.

정의감 넘치는 주인공이 등장하여 박진감 있게 사건을 이끌어 갑니다. 그 안에는 깊은 지혜와 가슴 찡한 감동도 담겨 있습니다.

지금 고전을 읽어야 하는 이유는 문학 감상을 시작하는 데 고전만한 교과서가 없기 때문입니다. 또 우리 고전을 읽음으로써 우리 사회에 대한 이해의 폭을 넓힐 수도 있습니다.

중학교와 고등학교에 들어가면 교과서에서 여러 문학 작품을 접하게 됩니다. 그런데 그 중에서 특히 고전을 어려워하는 이유는 옛말이 등장하고, 역사책에서 배우는 배경지식이 필요하기 때문입니다. 또 몇몇 작품들은 전체 내용을 이해하지 못한 채 부분만을 배우게 되기 때문에 고전을 처음 접하는 학생들에게는 더욱 어렵게 느껴집니다.

그러나 고전은 그리 멀리 있는 것이 아닙니다. 고전에는 우리 민족의 보편적인 감성이 담겨 있기에 지금까지도 그 작품들을 읽으며 함께 웃고 웃는 것입니다. 그것을 아이들도 충분히 이해할 수 있습니다.

이제 본격적으로 한국 고전을 읽게 될 아이들이 고전에 재미를 붙이기 위해서는 옛 문학이 가진 매력을 느끼는 것이 우선되어야 합니다. 동화로 접해 오던 고전 문학을 원문으로 읽어야 할 때 아이들은 흥미를 잃기 쉽습니다. 이 책은 작품의 원문을 그대로 접하면서도 쉽게 다가갈 수 있도록 하는 데 중점을 두었습니다. 그리고 작품을 이해하는 데 도움이 되는 풀이를 실었습니다. 고전은 그 작품이 만들어진 배경을 이해할 때 더욱 재미있게 느껴집니다.

　이 책은 부모님과 아이들이 함께 읽는 책이 되었으면 합니다. 고전 작품에서 이야기하는 주제를 놓고 식구들이 함께 대화를 나누는 것 자체가 독후감이 될 것이며, 자연스럽게 생각의 폭을 넓히는 즐거운 과정이 될 수 있을 것입니다.

김정연

차례

이 책을 효과적으로
읽기 위해

줄거리를 읽어 봐요

작품의 줄거리를 요약한 부분입니다. 먼저 작품을 읽고 감상한 후 정리할 때 읽어 볼 것을 권합니다. 작품의 내용이 어렵고 잘 파악되지 않는다면 줄거리를 읽으면서 일어난 사건들을 시간 순서대로 곰곰이 생각해 보세요.

이것만은 꼭 알고 가자!!

작품의 주제와 생각하면서 읽어야 할 것이 무엇인지 알려 줍니다. 작품이 탄생한 배경과 작가에 대한 소개도 들어 있으니 꼭 짚고 넘어가도록 하세요.

작품의 원문

이 책에서는 단편 작품의 경우 원문 전체를 실었으며, 장편은 전체 내용을 파악할 수 있는 선에서 생략한 부분이 있음을 밝혀 둡니다. 고전에는 지금 우리들이 잘 쓰지 않는 옛말이 나오는 경우가 많고, 이해하기 어려운 비유를 들 때도 있습니다. 낯설게 생각하지 말고 '작가는 무슨 이야기를 하려는 걸까?' 생각하며 읽도록 합시다. 세부적인 것보다는 전체 내용을 파악하고 느끼는 것이 중요해요.

초등 필수 단어장 및 구절 풀이

어려운 단어나 옛말을 쉽게 풀어 주었습니다. 또 작품을 이해하는 데 꼭 필요한 배경지식을 실었습니다. 처음에는 작품에 집중하여 읽고, 다시 읽을 때 자세히 보도록 합시다.

논술 실력을 쑥쑥 올려 줘요

문제 풀이를 통해 작품을 보다 깊게 이해할 수 있도록 하였습니다. 또 생각을 넓히고 논술을 대비하는 데 도움을 주는 문제를 실었습니다. 긴 글로 완성해야 하는 문제는 따로 공책을 준비하여 성실하게 답해 봅시다. 몇 가지 문제를 가지고 부모님과 토론하는 시간을 가져 보면 사고력이 깊어지는 데 큰 도움이 될 것입니다.

《 홍길동전 》

허균 지음

줄거리를 읽어 봐요

홍길동의 아버지는 양반이지만 어머니는 집안의 여종입니다. 길동은 학문에 뛰어나고 무예가 출중한 소년이지만 서자로 태어났기 때문에 큰 꿈을 꿀 수 없었습니다. 길동은 집을 떠나 도둑의 무리를 만나게 되고, 그들에게 인정을 받아 우두머리가 됩니다. 길동은 도둑 무리에 활빈당이라는 이름을 짓고 의적이 되어 탐관오리의 재물을 빼앗아 가난한 사람들에게 나누어 줍니다. 나라에서는 길동을 잡으려고 애썼지만 동에 번쩍 서에 번쩍 하는 길동을 잡을 수는 없었습니다. 길동은 임금님에게 벼슬을 요구하여 병조 판서가 된 후 나라를 떠나 새로운 세상을 찾아가기로 결심합니다.

이것만은 꼭 알고 가자!!

'홍길동전'은 조선 시대에 허균이 지은 소설입니다.

허균은 어려서부터 재주가 뛰어났으며 과거에 급제하여 벼슬에 올랐으나 정치 인생은 그리 순탄치 않았습니다. 그리고 50세에 광해군에게 대항하다가 반역죄로 참형을 당했습니다. 그는 서자였던 스승의 영향으로 평소에 서자 출신 사람들과 친분이 깊었으며, 신분 차별 문제에 관심이 많았다고 합니다.

"홍길동전'은 우리나라를 무대로 삼고 있고, 한글로 쓰여 한문을 읽지 못하는 서민들도 읽을 수 있었습니다. 그래서 '홍길동전'을 진정한 한글 소설의 출발점으로 평가합니다.

'홍길동전'은 전형적인 영웅의 일대기 구성을 취하고 있습니다. 고귀한 혈통으로 태어나 어려서 고난을 당하고 그 시련을 극복하여 승리한다는 이야기 구조는 우리의 건국신화에서부터 많이 등장하는 것입니다. 그러나 모든 어려움을 자신의 힘으로 극복하고 사회를 비판하는 내용을 담았다는 점에서 다른 이야기들과 차이가 있습니다.

홍길동이 현실에 어떻게 대처해 나가는지 살펴보며 감상해 봅시다.

홍길동전

서자로 태어난 길동

홍 판서에게는 두 아들이 있었다. 첫째 아들의 이름은 인형으로 정 부인의 소생이었고, 둘째 아들의 이름은 길동으로 여종 춘섬의 소생이었다.

길동이 태어나기 전, 홍 판서는 청룡이 날아오는 꿈을 꾸고 귀한 자식을 낳을 거라는 기대에 부풀었다. 춘섬이 열 달 만에 아이를 낳았는데, 과연 골격이 뛰어나고 영웅호걸의 얼굴을 하고 있었다. 홍 판서는 기뻐하며 길동이라고 이름을 지었다.

길동이 점점 자라나 여덟 살이 되자 총명하기가 보통이 넘어 하나를 들으면 백 가지를 알 정도였다. 홍 판서는 그런 길동을 더욱 귀여워하면서도 길동이 '아버지'나 '형'이라고 부를 때마다 나무랐다. 길동은 열 살이 넘도록

소생(所生) 자기가 낳은 아들이나 딸
골격(骨格) 몸을 지탱하는 뼈들의 전체적인 모습이나 크기

초등필수
단어장

감히 호부호형하지 못하고 종들에게 천대받는 것을 뼈에 사무치도록 한탄하며 마음 둘 곳을 몰랐다.

어느 가을, 보름달이 밝게 비치고 바람이 쓸쓸하게 불어와 사람의 마음을 울적하게 하였다. 길동은 책방에서 글을 읽다가 문득 책상을 밀치고 한숨을 쉬었다.

"대장부로 태어나 학문을 닦아 큰 일을 할 수 없다면 차라리 병법을 익혀 공을 세우고 이름을 오래도록 빛내는 것이 장부의 통쾌한 일이 아니겠는가! 나는 이런 운명으로 태어나 아버지를 아버지라 부르지 못하고, 형을 형이라 부르지 못하니, 아, 심장이 터질 것 같구나."

마음이 답답한 길동이 뜰로 나가 검술을 익히고 있는데, 마침 달빛을 구경하던 홍 판서가 길동을 불러 물었다.

"밤이 깊도록 잠을 자지 않고 무얼 하고 있느냐?"
길동은 공손하게 대답했다.

"소인은 달빛을 즐기고 있었습니다. 그런데 만물이 생겨날 때부터 사람은 귀한 존재인 줄 아옵니다. 그러나 소인은 귀한 존재가 아니니 어찌 사람이라 할 수 있겠습니까?"

홍 판서는 길동이 무슨 생각을 하는지 짐작했지만 일부러 모른 척하며 꾸짖었다.

"그게 무슨 말이냐?"
길동은 엎드려서 절을 하고 말했다.

"소인은 서럽습니다. 소인은 대감의 정기를 받아 당당한 남자로 태어났고, 또 낳아서 길러 주신 부모

님의 은혜를 입었습니다. 그

러나 아버지를 아버지라 못

하고, 형을 형이라 못 하니, 어찌

사람이라 할 수 있겠습니까?"

　길동의 눈에서 눈물이 흘러내려 옷을 적셨다.

　홍 판서는 길동이 불쌍했지만 그 마음을 위로하면 방자해질까

염려되었다. 홍 판서는 길동에게 안타까운 마음을 갖고 있지만, 신분 사회의
질서를 깨뜨릴 수는 없다고 생각하는 인물임을 알 수 있다.

　"재상 집안에 천한 종의 몸에서 태어난 자식이

너뿐이 아닌데, 네가 어찌 이렇게 방

자하냐? 앞으로 그런 말을 하려거

든 내 앞에 나타나지도 말거라."

　길동은 감히 한 마디도 더 하지

못하고 땅에 엎드려 눈물만 주룩주

룩 흘렸다. 길동은 방으로 돌아와서도

슬픔을 참을 수 없었다.

　몇 달이 지난 후 길동이 홍 판서의 방으

로 찾아가 물었다.

　"제가 비록 천한 출생이오나,

학문을 닦아 급제하면 정

승에 이르고, 무예로 공

을 세우면 대장이 될

수 있습니까?"

홍 판서는 이 말을 듣고 어이없어 길동을 크게 꾸짖었다.

"네 감히 내 앞에서 어찌 이런 방자한 말을 하느냐? 어서 물러가라!"

길동은 어머니의 방으로 건너가 울었다.

"어머니, 장부가 세상에 태어나 남의 천대를 받을 수는 없습니다. 이제 집을 떠나고자 하니, 어머니께서는 저를 걱정하지 마시고 건강하게 지내십시오."

춘섬은 깜짝 놀라 길동을 달랬다.

"재상가의 천한 출생이 너뿐이 아닌데 왜 그런 마음을 먹어 어미의 애를 태우느냐?"

길동이 대답했다.

☆ 조선 시대의 실존 인물인 장길산은 길동과 마찬가지로 천민 출신이며 자라서 도적의 우두머리가 되었다.

"장충의 아들 길산은 천한 출생이지만 열세 살에 어머니와 헤어지고 운봉산에 들어가 도를 닦아 이름을 떨쳤습니다. 저도 그를 본받아 세상을 벗어나려 합니다. 어머니, 안심하시고 기다려 주십시오. 요즘 곡산모가 우리 모자를 눈엣가시로 여기고 있어 큰 화를 입을까 걱정됩니다. 부디 어머니께서는 제가 나가는 것을 염려하지 마십시오."

☆ 谷山母. 아버지의 첩인 '초란'을 가리킨다.

위기에 빠진 길동

초란은 원래 곡산의 기생이었다. 홍 판서의 총애를 받았으나 교만 방

14

자하여 마음에 들지 않으면 누구든 홍 판서에게 고해바치고 헐뜯었다.

춘섬이 길동을 낳고 모자가 사랑을 받자 초란은 애가 탔다. 초란은 계략을 하나 생각해 내고 관상 보는 여자를 불러들여 은밀히 지시했다.

다음 날, 홍 판서가 부인과 함께 이야기를 나누며 길동의 비범함과 출생이 천함을 한탄하고 있는데, 한 여자가 들어와 인사를 했다. 홍 판서가 이상하게 여기며 물었다.

"무슨 일로 왔는가?"

"소인은 관상을 보는 사람인데, 마침 상공의 집에 이르렀습니다."

홍 판서는 그에게 집안사람들의 관상을 보게 하고, 사람을 시켜 길동을 불러왔다. 관상 보는 여자는 깜짝 놀라며 말했다.

"이 공자의 상을 보니 영웅호걸이 될 것으로 보입니다."

그리고 마지못해 이야기하는 듯 망설이며, 다른 사람들을 모두 내보내고 홍 판서에게 작은 목소리로 속닥였다.

"공자는 왕의 기상을 가지고 있습니다. 공자가 크면 멸문지화를 당하게 될 것입니다."

놀란 홍 판서는,

"이 말을 아무에게도 하지 말라."

당부하고는 그에게 은자를 조금 주어 보냈다.

그 후로 홍 판서는 길동이 함부로 행동하지 못하도록 엄하게 단속했다. 길동은 더욱 서러워하며 병법과 천문지리 공부에 매진했다. 그것을 안 홍 판서는 더욱 걱정이 되었다.

눈엣가시 몹시 미워 늘 눈에 거슬리는 사람
화(禍) 뜻하지 않게 당하는 사고나 불행
고해바치다 어떤 사실을 윗사람에게 말하여 알게 하다.
관상(觀相) 얼굴 생김새를 보고 그 사람의 운명이나 성격 등을 알아내는 일
상공(相公) 재상의 벼슬을 하는 이를 높여 부르는 말
공자(公子) 지체 높은 집안의 아들
멸문지화(滅門之禍) 한 집안이 다 죽임을 당하는 끔찍한 재앙
은자(銀子) 은으로 만든 돈
매진하다 어떤 목표를 향하여 힘차게 나아가다.

초등필수
단어장

"이 놈이 본디 재주가 있으니, 만일 마음을 잘못 먹었다가는 정말 큰 일이 벌어질 것이다. 장차 이를 어찌할까?"

한편 초란은 특재라는 자객을 구해 은자를 듬뿍 주며 길동을 해칠 계획을 의논했다. 그리고 홍 판서에게 가서,

"관상 보는 이의 솜씨가 귀신같습니다. 앞으로 길동의 일을 어떻게 하시렵니까? 저도 너무 놀랍고 두렵습니다. 저 아이를 일찍 없애는 것이 좋지 않을까요?"

하며 부추겼다.

홍 판서는 눈썹을 찡그렸다.

"이 일은 내가 알아서 할 것이니 더 이상 신경 쓰지 말라."

그러나 홍 판서의 마음은 매우 혼란스러웠다. 밤이면 잠을 이루지 못하다가 결국에는 병이 나 자리에 눕고 말았다. 초란은 걱정하는 부인과 큰아들 인형에게 다가가 말했다.

"상공의 병이 깊은 것은 길동이 때문입니다. 길동을 죽이면 상공의 병도 쾌차하실 것입니다. 또 그것이 가문을 지킬 수 있는 길인데, 왜 망설이고 계십니까?"

부인은 한숨을 쉬었다.

"그래도 천륜이 무거운데, 어떻게 차마 그런 일을 할 수 있나?"

초란이 말했다. ★ 천륜(天倫)은 하늘이 내린 인연인 부모형제 간의 도리를 말한다. '천륜이 무겁다'는 말은 '천륜은 인간이라면 어길 수 없는 중요한 것이다'라는 뜻이다.

"듣자니 특재라는 자객이 있다고 합니다. 그에게 시켜 밤에 몰래 방에 들어가 해치우고 나면, 상공이 아신다 해도 어쩔 수 없을 것입니다."

부인과 인형은 눈물을 흘렸다.

16

"차마 하지 못할 일이지만, 첫째는 나라를 위해, 둘째는 상공을 위해, 셋째는 가문을 지키기 위해 어쩔 수 없구나. 그렇게 하라."

초란은 기뻐하며 방으로 돌아와 특재를 불렀다.

"오늘 밤에 당장 해치워라."

특재는 조용히 밤이 되기를 기다렸다.

그 날 밤, 길동이 촛불을 켜고 주역을 읽고 있는데 까마귀가 세 번 울고 지나갔다.

"이 짐승은 본래 밤을 꺼리거늘, 지금 울고 가니 매우 불길하구나."

이상하게 여긴 길동은 주역 점을 보고 깜짝 놀랐다. 길동은 책을 밀쳐놓고 둔갑법을 써서 동정을 살폈다. 과연 새벽녘에 누군가가 칼을 들고 길동의 방문을 열었다. 길동이 몸을 숨기며 주문을 외우자 바람이 세차게 불더니 집은 사라지고 첩첩산중이 펼쳐졌다.

길동의 방으로 몰래 들어오던 괴한은 깜짝 놀라 피하려 했으나 문득 길이 사라지고 바위가 그의 앞을 가로막았다. 괴한이 이리 뛰고 저리 뛰는데 어디선가 피리 소리가 들려오더니 한 아이가 나귀를 타고 다가왔다. 아이는 피리 불던 것을 멈추고 괴한에게 호통쳤다.

"왜 나를 죽이려고 하는가? 죄 없는 사람을 해치면 하늘의 재앙이 있을 것이다!"

아이가 주문을 외우니 검은 구름 떼가 일어나 비를 퍼붓고 모래와 돌이 사방으로 날아다녔다. 괴한은 정신을 차릴 수 없었다.

"내 잘못이 아니오! 초란이 관상 보는 사람을

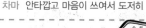

시켜 상공과 의논하고 죽이라 했소!"

괴한이 외치며 길동에게 달려들자 길동은 도술로 칼을 빼앗아 한칼에 괴한의 목을 베었다.

길동은 분을 참지 못해 초란을 찾아가려다가 아버지가 아끼는 사람이라는 것에 생각이 미쳐 칼을 내던졌다.

'차라리 도망가 목숨을 구하고 산속에서 세월을 보내리라.'

길동이 홍 판서에게로 가서 하직 인사를 하려 하는데, 홍 판서가 걸음소리를 듣고 창문을 열었다.

"밤이 깊었거늘 어찌 자지 않고 돌아다니고 있느냐?"

길동은 그대로 땅에 엎드렸다.

"소인은 부모님의 은혜를 조금이라도 갚고 싶었습니다. 그러나 집안에 불의한 사람이 있어 소인을 죽이려 합니다. 겨우 목숨을 지켰으나 더 이상 여기서 상공을 모실 수가 없습니다. 상공께 하직 인사를 올립니다."

"무슨 일이 있었던 것이냐? 도대체 나이 어린 네가 어디로 간다는 것이냐?"

"날이 밝으면 아시게 될 것입니다. 소인의 신세는 떠도는 구름과 같습니다. 상공께서 버린 자식에게 갈 곳이 있겠습니까?"

길동은 눈물이 앞을 가로막아 더 이상 말을 잇지 못했다.

홍 판서가 말했다.

> ☆ 길동을 가여워하는 마음에 드디어 아버지의 마음이 움직여 신분 제도에서 용납될 수 없는 일을 허락한 것

"나도 너의 한을 알고 있다. 오늘부터 호부호형을 허락하마."

길동이 두 번 절을 하고 대답했다.

"저의 한을 아버님께서 풀어 주시니 죽어도 한이 없습니다. 아버님, 만수무강하십시오."

> ☆ 길동이 홍 판서에게 호부호형을 허락받고 처음으로 '아버지'란 말을 입 밖에 내고 있다.

홍 판서는 길동을 붙잡지 못하고 다만 길동이 무사하기만을 마음속으로 빌었다.

길동은 어머니의 처소를 찾았다.

"소자는 지금 떠나지만 다시 어머니를 모실 날이 있을 것입니다. 그 동안 건강하게 잘 지내셔야 합니다."

길동의 어머니는 무슨 일이 터진 것을 눈치 채고

길동의 손을 잡고 통곡했다.

"어디로 가려 하느냐? 한 집에서도 멀리 떨어져 있어 언제나 그리워했는데, 이렇게 정처 없이 떠나면 어찌하느냐?"

길동이 어머니께 두 번 절을 하고, 모자는 서로 붙잡고 슬피 울었다.

길동은 집을 나와 정처 없이 길을 떠났다.

도둑의 무리를 만나다

사해를 집 삼아 떠돌아다니던 길동은 경치가 뛰어난 어느 산에 이르렀다. 길동이 산속으로 점점 들어가며 주위를 둘러보니 층암절벽이 하늘 높이 솟아 있고, 기화요초가 사방에 널려 있었다. 길동은 아름다운 풍경을 따라 더 깊이 들어가려 했으나 길이 끊어져 갈 수 없었다.

그 때 시내를 따라 표주박이 하나 동동 떠내려오는 것이 보였다. 길동은 그 위에 분명 사람이 있으리라 짐작하고 시내를 거슬러 올라가 보았다. 그렇게 몇 리를 들어가니 큰 바위 밑에 돌문이 닫혀 있는 것이 보였다.

길동이 돌문을 열고 들어가 보니 널따란 땅이 펼쳐지며 몇 백 호나 되는 집이 즐비하게 늘어서 있었다. 길동은 그 중 한가운데에 있는 집으로 들어가 보았다. 그 곳에서는 여러 사람이 모여 잔치를 벌이며 무슨 의논을 하고 있었는데 보아하니 도둑들이었다.

길동은 가까이 가서 그들이 의논하는 소리를 들어 보았다. 그들은 서로 우두머리 자리를 다투며 결정을 하지 못하고 있었다. 길동은 가만히 생각해 보았다.

'내가 몸을 피해 도망 다니며 의탁할 곳이 없더니, 하늘이 도와 이 곳에 이르렀구나. 이 곳에서 내 뜻을 펼쳐 보자.'

길동은 사람들 앞으로 나아가 허리를 굽혀 인사하고 말했다.

"나는 서울 홍 판서 댁의 서자 길동입니다. 집안의 천대를 받지 않으려고 스스로 집을 버리고 도망 나와 정처 없이 다녔는데, 오늘 하늘의 뜻으로 이 곳에 이르렀습니다. 비록 나이는 어리지만 모든 호걸들의 우두머리가 되어 생사고락을 함께하고 싶습니다."

사람들은 서로 쳐다보며 말이 없었다. 그러다 한 사람이 나와 말했다.

"당신의 얼굴을 보니 과연 영웅의 모습이오. 그러나 두 가지 관문을 통과해야 하는데 할 수 있겠소? 하나는 천 근의 돌을 들어 그 힘을 보여 주는 것이고, 또 하나는 합천 해인사를 쳐 그 재물을 훔치는 것이오. 이 두 가지를 할 수 있다면 우리의 우두머리로 삼겠소."

☆ 경상남도 합천에 있는, 신라 시대에 세워진 절

그는 천 근 무게의 돌이 있는 곳으로 길동을 데려갔다. 길동은 소매를 걷어 올리고 돌을 번쩍 들더니 팔 위에 놓고 수십 리를 걷다가 공중으로 던졌다. 그러자 모두 손뼉을 치며 칭찬했다.

"과연 장사로다! 우리들 수천 명 중에 이 돌을 들 수 있는 사람이 없었는데, 하늘이 우리에게 장군을 보내 주셨다!"

그들은 길동을 윗자리에 앉히고 차례로 술을 권하

호드필수 단어장

사해(四海) 온 세상
층암절벽(層巖絕壁) 몹시 험한 바위가 겹겹으로 쌓인 낭떠러지
기화요초(琪花瑤草) 옥같이 고운 풀에 핀 구슬같이 아름다운 꽃
널따랗다 넓이가 꽤 넓다.
의탁하다 몸이나 마음을 의지하여 맡기다.
호걸(豪傑) 지혜와 용기가 뛰어나고 기개와 풍모가 있는 사람
생사고락(生死苦樂) 삶과 죽음, 괴로움과 즐거움을 통틀어 이르는 말

며 장군으로 모실 것을 맹세했다. 길동은 그들과 무예를 연마하여 몇 달 만에 군법에 통달했다. 그리고 어느 날 도둑들을 불러 모아 말했다.

"내가 곧 군대를 이끌고 해인사를 칠 것이니, 당신들은 내 명을 따르시오. 내가 먼저 가서 절의 동정을 살피고 오겠소."

길동은 청포를 입고, 나귀를 타고, 몇 명의 도둑을 데리고는 길을 나섰다. 길동의 모습은 영락없는 재상가의 자제였다.

해인사에 도착한 길동은 그 절의 가장 높은 스님을 찾아가 말했다.

"나는 홍 판서 댁 자제인데, 이 절에 와서 글공부를 하려 합니다. 내일 쌀 스무 석을 보낼 테니 음식을 차리고 함께 먹도록 하세요."

길동은 절 안을 이리저리 살펴보고 산채로 돌아와, 약속대로 절에 쌀을 보내고 도둑들을 불러 자신의 계획을 말했다.

며칠 후 길동은 또다시 몇 명의 부하를 데리고 해인사로 갔다. 해인사의 스님들이 길동을 반갑게 맞았다.

길동이 노승을 불러 물었다.

"내가 보낸 쌀로 음식이 부족하지는 않았습니까?"

"부족하지 않았습니다. 고맙습니다."

길동은 윗자리에 앉고 스님들을 불러 함께 음식을 들게 했다.

길동은 음식을 먹다가 가만히 모래를 쥐어 입속에 넣고 깨물었다. 모래 깨지는 소리가 나자 스님들이 깜짝 놀라 길동을 쳐다봤다. 길동은 화가 난 척하며 크게 호통쳤다.

"음식을 이렇게 지저분하게 만들다니, 나를 능멸하는 것이렷다!"

★ 뛰어난 지략으로 힘도 들이지 않고 스님들을 모두 묶어 놓은 길동

길동은 주위에 명령하여 모든 스님을 한 줄에 묶어 앉혔다. 스님들이 놀라 어찌할 줄 모르고 있는데 도둑 떼가 우르르 달려 들어오더니 절의 모든 재물을 자기들 것처럼 가져갔다. 스님들은 꼼짝도 하지 못한 채 입으로 소리만 질러 댔다. 이 때 부엌에서 그릇을

씻고 있던 하인이 이 광경을 보고는 담을 넘어 관아로 달려갔다.

얼마 후 도둑들이 절의 재물을 싣고 막 떠나려 하는데 저 멀리서 관군이 몰려왔다. 도둑들은 우왕좌왕하며 길동을 원망했다. 그러자 길동은 도둑들에게 남쪽 큰길로 도망가라고 지시하고는, 자신은 도로 절 안으로 뛰어 들어갔다.

관군이 도망가는 도둑을 쫓아 달려오자 한 스님이 무덤 위에 올라가 큰 소리로 외쳤다.

"도둑들이 북쪽 작은 길로 갔습니다!"

그 말을 듣고 바람같이 북쪽으로 달려간 관군은 날이 저물도록 한 명의 도둑도 잡지 못한 채 관아로 돌아갔다. 스님의 옷을 입고 관군을 속인 길동은 여유롭게 산채로 돌아와 있었다.

활빈당의 우두머리

★ 活貧黨. 한자를 풀어 보면 '가난한 사람들을 살리는 무리'라는 뜻이다.

길동은 도둑 무리에 '활빈당'이라는 이름을 붙였다. 활빈당은 전국을 돌아다니며 부정한 방법으로 재물을 모은 관리가 있으면 그 재물을 모두 빼앗아 가난한 사람들에게 나누어 주었다. 길동은 백성의 재물은 털끝 하나도 건드리지 않았으며 나라의 재물에도 손대지 않았다.

★ 길동은 단순한 도둑질이 아닌 의적 활동을 하고 있다.

어느 날 길동은 활빈당을 모아 놓고 말했다.

"함경 감사는 탐관오리로, 백성의 기름을 빨아먹고 있다. 그저 두고 볼 수 없으니 나의 명을 따르라."

★ '겨우 먹고 살 만큼의 재산까지 낭김없이 빼앗아 가고 있다'는 뜻

24

길동은 대여섯 명의 부하를 데리고 길을 떠나, 미리 정해 놓은 날에 함경 감영 남문 밖에 불을 질렀다. 그리고 "불이다! 남문에 불이 났다!" 하고 소리를 지르자 놀란 군사들과 백성들이 모두 뛰쳐나왔다.

그 사이에 길동은 창고를 열고 재물과 곡식과 무기를 실어 북문으로 달아났다. 축지법으로 산채에 도착한 길동은 도둑들을 불러 말했다.

縮地法. 한자를 풀이하면 '땅을 줄이는 술법'이 된다. 먼 거리를 매우 빠르게 이동하는 도술이라 한다.

"이제 감사가 도둑을 잡겠다고 날뛸 것이다. 그들은 우리를 잡지 못할 것이나, 대신 엉뚱한 사람이 잡혀 문초를 당할 것이니 이를 어찌 두고 보겠는가? 그러니 도둑질한 자가 활빈당 우두머리 홍길동이라는 방을 붙여라."

길동은 짚으로 사람 모양을 일곱 개 만들어 주문을 외워 혼을 불어넣었다. 그러자 짚으로 만든 사람이 일곱 명의 길동이 되어 동시에 움직였다. 이제 어느 길동이 진짜 길동인지 알아낼 방법이 없게 되었다.

함경 감사는 불을 끄고 돌아와서야 창고의 무기와 재물이 모두 사라졌음을 알고 깜짝 놀랐다. 거리에는 활빈당 우두머리 홍길동이 관아의 재물을 도둑질해 갔다는 방이 붙어 있었다. 함경 감사는 당장 길동을 잡아들이라고 고래고래 소리질렀다.

길동은 여덟 길동을 전국 팔도에 하나씩 흩어지게 하고, 각각 수백 명의 부하를 거느리고 다니게 했

다. 여덟 명의 길동이 팔도를 돌아다니며 바람과 비를 불러일으키는 도술을 부리면 하룻밤 사이에 곡식이 흔적도 없이 사라지고, 서울로 가는 봉물을 아무 의심 없이 빼앗겼다. 온 나라는 홍길동의 이야기로 들썩거리기

☆ 전국에서 동에 번쩍 서에 번쩍 하며 탐관오리의 재물을 빼앗는 길동

시작했다. 탐관오리들은 밤이면 잠을 자지 못하고 밖에 돌아다니지도 못했다.

팔도에서 연달아 도둑의 우두머리 홍길동을 잡아야 한다는 장계가 올라온 것을 보고 임금님은 깜짝 놀랐다. 도둑의 이름이 모두 다 홍길동이고, 재물을 잃은 날짜가 모두 같았기 때문이다.

☆ 蚩尤. 전쟁에 매우 능했다는 중국 전설 속의 인물.

"이 도둑의 용맹과 술법은 그 옛날의 치우도 당할 수 없겠구나. 어떻게 한 몸이 팔도에서 한날한시에 도둑질을 할 수 있는가? 이는 보통 도둑이 아니다. 누가 이 도적을 잡아 국가의 근심을 덜겠는가?"

이 때 포도대장 이흡이 나서며 자신이 홍길동을 잡아오겠노라고 자청했다. 이흡은 수백 명의 군사를 데리고 궁궐을 나가 모두 흩어져 홍길동을 찾게 했다. 하루는 날이 저물어 이흡이 주막에서 쉬고 있는데, 한 소년이 나귀를 타고 들어와 말을 걸었다. 소년은 한숨

을 내쉬었다.

　"홍길동이란 도적이 팔도로 다니며 장난을 치
니 세상이 시끄럽습니다. 이 놈을 도무지 잡을 수가 없으니
분할 따름입니다."

　　　　　　이흡은 반가운 마음에 소년에게 대뜸 물었다.
　　　　"나와 함께 그 도적을 잡아 보지 않으려오?"
　　　　　소년이 말했다.
　　　　"나도 그를 잡으려 했는데 그 동안 용맹한
　　　　사람을 만나지 못하다가 이제야 당신을
　　　　만났습니다. 그러나 당신의 재주
　　　　를 알지 못하니, 어디 조용한 곳
　　　　으로 가서 시험을 해 보는 것이 좋겠
　　습니다."
　소년은 이흡을 데리고 어딘가로 가더니 높은 바위
위로 성큼 올라섰다.
　"있는 힘을 다해 두 발로 나를 차 보십시오."
　소년은 벼랑 끝으로 가서 앉았다.
　'제아무리 용맹한들 내가 한 번 차면 떨어질 테지.'
　　　　　이흡은 평생의 힘을 모아 두
　　　　발로 힘껏 소년을 밀어 찼다.
　　　　　그러자 소년이 돌
　　　　아앉으며 말했다.

봉물(封物)　예전에, 시골에서 서울
벼슬아치에게 선사하던 물건
장계(狀啓)　왕명을 받고 지방에 나
가 있는 신하가 자기 관하의 중요한
일을 왕에게 보고하던 일. 또는 그런
문서.
제아무리　제 딴에는 세상없이. 남을
낮잡아 보는 뜻으로 쓰는 말이다.

홍길동전　27

"정말 장사로군요. 내가 여러 사람을 시험해 보았으나 나를 움직일 수 있는 자가 없었습니다. 당신에게 발로 차이니 오장까지 울리는 듯합니다. 나를 따라오십시오. 길동을 잡을 수 있을 것입니다."

'나도 힘에서는 누구에게 뒤지지 않는데, 저 소년의 힘을 보니 놀랍구나. 저 소년 혼자라도 홍길동을 잡을 수 있겠다.'

소년은 이홉을 데리고 첩첩 산속으로 걸어 들어가더니 문득 돌아서며 말했다.

"이 곳이 홍길동이 기거하는 곳입니다. 내가 먼저 들어가 탐색을 할 테니 여기서 기다리십시오."

이홉은 의심스러운 마음이 들었으나 잠자코 그 자리에 앉아 기다려 보기로 했다.

그런데 얼마 후 수십 명의 군사가 요란한 소리를 지르며 달려왔다.

"네가 포도대장 이홉이냐? 우리들이 염라대왕의 명령을 받아 너를 잡으러 왔다!"

그리고 순식간에 쇠사슬로 이홉의 몸을 묶어 어느 곳으로 끌고 가는데, 이홉이 정신을 가다듬고 주위를 둘러보니 좌우로 장수들이 나열해 서 있고 위에는 군왕이 앉아 있었다.

왕이 성난 목소리로 물었다.

"변변치 못한 네가 어찌 홍 장군을 잡으려 하는고? 너를 잡아 지옥에 가두리라."

이홉이 겨우 정신을 차리고 애원했다.

"소인은 죄가 없습니다. 제발 살려 주십시오."

28

그러자 갑자기 위에서 웃음소리가 들렸다.

"이 사람아, 나를 자세히 보라. 나는 활빈당의 우두머리 홍길동이다. 그대가 나를 잡으려 하기에 내가 청포 소년으로 가장해 그대를 여기로 데려와 나의 위엄을 보여 주고자 했다."

길동은 이홉을 풀어 주라고 명령하고, 그에게 술을 한잔 권하며 말했다.

"너는 나를 잡을 수 없을 것이니 빨리 돌아가라. 그러나 나를 보았다고 하면 반드시 죄를 물을 것이니 아무에게도 말하지 말라."

*'죄가 있는지 없는지 따져 벌을 내릴 것이니'라는 뜻

이홉이 꿈인지 생시인지 얼떨떨해하며 몸을 일으키려 하는데, 웬일인지 몸이 꿈쩍도 하지 않았다. 이홉은 자신이 가죽 부대 속에 들어가 있다는 것을 깨달았다. 간신히 부대에서 나와 주위를 살펴보니 나무에 대롱대롱 걸려 있는 부대 셋이 보였다. 차례로 끌러 보았더니 길동을 잡기 위해 사방으로 흩어졌던 부하들이었다.

"이것이 어떻게 된 일입니까? 우리가 왜 이 곳에 있습니까?"

그들이 주위를 둘러보니 그 곳은 서울 북악산 위였다. 어이없이 서울 거리를 내려다보다가 이홉이 부하들에게 물었다.

*서울의 경복궁 북쪽에 있는 산

"너희는 어떻게 하여 이 곳에 왔느냐?"

"소인들은 주막에서 자고 있었는데, 갑자기 바람과 구름에 싸여 이리로 왔습니다. 어떻게 된 일인지 알 수가 없습니다."

이홉이 말했다.

"너무 허무맹랑한 이야기이니 아무에게도 말하지

오장(五臟) 사람의 몸속에 있는 다섯 가지의 내장. 곧 간장, 심장, 폐장, 신장, 비장.
기거하다 일정한 곳에서 먹고 자고 하는 따위의 일상적인 생활을 하다.
허무맹랑하다 터무니없이 거짓되어 미덥지 못하고 실속이 없다.

말거라. 길동의 재주가 예상보다 뛰어나 사람의 힘으로는 잡을 수 없겠다. 이대로 돌아가면 죄를 면치 못할 것이니 몇 달 기다려 보자."

병조 판서가 된 길동

임금님은 팔도 감사들에게도 길동을 잡아들이라는 어명을 내렸지만 아무도 길동을 잡지 못했다. 길동이 둔갑법을 쓰면, 초헌을 타고 서울 한복판을 돌아다녀도 그 누구도 길동임을 알지 못했다.

"이 놈이 아마도 사람이 아니고 귀신인 듯하다. 도대체 어디서 나타난 놈인가?"

그제야 한 신하가 임금님께 아뢰었다.

"홍길동은 이조 판서였던 홍문의 서자입니다. 그리고 지금 병조 좌랑으로 있는 홍인형의 아우입니다. 이들을 불러 물어보면 알 수 있을 것입니다."

> 병조는 조선 시대에 군사에 관한 일을 맡아보던 부서이다. 좌랑은 정6품 벼슬.

임금님은 당장 홍 판서와 홍인형을 불러들이고, 인형에게 일 년의 기한을 주며 홍길동을 잡아 오라고 명령했다.

인형은 길동을 잡으러 다니지 않고, 다만 자수를 권하는 글을 곳곳에 붙여 놓고 길동이 찾아오기를 기다렸다.

"아우 길동은 스스로 형을 찾아와 사로잡히라. 아버님이 너의 일로 뼛속 깊이 병이 들었고 임금님이 매우 근심하시니 너의 죄는 명명백백하다. 아우 길동은 일찍 자백

초등필수
단어장

초헌(軺軒) 조선 시대에 높은 벼슬아치가 타던 수레
아뢰다 윗사람에게 말씀드려 알리다.
명명백백하다 의심할 여지가 없이 아주 분명하다.
호송(護送) 죄수를 어떤 곳으로 감시하면서 데려가는 일

하면 죄를 덜고 가문을 지킬 수 있을 것이다."

어느 날, 수십 명의 하인을 거느린 소년이 나귀를 타고 나타났다. 인형이 불러들여 그 소년을 보니 길동이었다. 인형은 매우 놀라 주위 사람들을 물러나게 하고, 길동의 손을 잡고 흐느꼈다.

"길동아, 네가 집을 나간 후 죽었는지 살았는지 알지 못해 아버님께서 병이 드셨다. 너는 여러 가지로 불효할 뿐 아니라 나라의 큰 근심이 되었구나. 너는 무슨 마음으로 (불충불효)를 저지르며, 또한 도적이 되어 세상에 씻을 수 없는 죄를 짓느냐?" ☆ 不忠不孝. 충성스럽지 못하고 효성스럽지 못함.

인형은 눈물이 비 오듯 했다.

길동이 머리를 숙여 인사했다.

"제가 여기까지 오게 된 것은 아버지와 형님을 구하기 위해서입니다. 만약 제가 아버지를 아버지라 부를 수 있고, 형님을 형님이라 부를 수 있었다면 지금 이렇게까지 되지는 않았을 것입니다. 그러나 이제 와서 지난 일을 말하면 무얼 하겠습니까? 이제 저를 묶어서 서울로 올려 보내십시오."

그리고 길동은 아무 말도 하지 않았다.

길동이 수레에 실려 서울로 호송되자 길동의 이름을 들어 왔던 백성들이 길을 메우고 나와 구경했다.

이 때 팔도에서 모두 길동을 잡아 올린다는 소식이 올라오며 임금님 앞에 여덟 명의 길동이 잡혀 왔다. 그들은 서로,

"저 자가 진짜 홍길동입니다."

알고 나면 더 재밌어요!

호부호형이 뭐길래

길동은 자신이 집을 떠나 도적 떼에 들어갈 수밖에 없는 이유로 계속하여 '호부호형'을 허락받지 못했기 때문이라고 말한다. '호부호형'을 하지 못한다는 것은 아버지와 형이라고 부를 수 없는 것뿐 아니라, 과거를 보아 관직에 나갈 수 없다는 뜻이다. 반쪽짜리 양반인 길동은 그렇다고 다른 천민들처럼 살 수도 없는 처지이다. 길동은 이 사회에서 자신의 꿈을 펼칠 기회가 막혀 있음을 토로하고 있는 것이다.

"아닙니다. 저 자가 바로 홍길동입니다."

하며 다투다가 한 데 어우러져 싸움을 벌였다. 도대체 누가 길동인지 알 수 없었다.

난처해진 임금님은 홍 판서를 불러들여 물었다.

"아비라면 자식을 알아볼 수 있을 것이니, 저 여덟 명 중에 경의 아들을 찾아내라."

홍 판서가 대답했다.

"신의 천한 아들 길동은 왼쪽 다리에 붉은 점이 있으니 그것을 보면 알 수 있을 것입니다."

그리고 홍 판서는 여덟 명의 길동을 향해 소리쳤다.

"위로 임금님이 계시고 그 아래로 아비가 있거늘, 이렇듯 무거운 죄를 짓다니! 너는 죽음으로 그 죄를 씻어야 할 것이다!"

홍 판서가 이렇게 말하며 피를 토하고 기절하자 여덟 명의 길동은 동시에 눈물을 흘렸다. 그리고 주머니에서 대추같이 생긴 환약을 두 개씩 꺼내 홍 판서의 입에 넣었다. 홍 판서가 얼마 후 정신을 차리고 일어나 앉자 길동이 임금님을 향해 말했다.

"신의 아비가 임금님께 많은 은혜를 입었는데 제가 어찌 불경한 일을 저지르겠습니까. 그러나 저는 천비의 소생이어서 아비를 아비라 못 하고, 형을 형이라 부르지 못했습니다. 저는 평생 마음속에 한이 맺혀 집을 버리고 도둑 무리의 우두머리가 되었습니다. 그러나 백성은 전혀 해치지 않고 탐관오리가 백성들의 고혈을 빨아서 모은 재물만을 빼앗았습니다. 십 년만 지나면 저는 떠날 것이니 임금님께서는 걱정하지 마시고 저를 풀어 주옵소서."

말을 끝낸 여덟 명의 길동은 한꺼번에 넘어지며 짚으로 변했다.

궁궐에서 돌아온 길동은 짚으로 만든 가짜 길동을 모두 없애고 (사대문)을 돌아다니며 방을 붙였다.

조선 시대에 서울의 동서남북에 각각 세운 네 개의 성문. 곧 흥인지문, 돈의문, 숭례문, 숙정문을 말한다.

〈어떻게 해도 저 홍길동을 잡지 못할 것입니다. (그러나 병조 판서의 벼슬을 주신다면 잡혀 드리겠습니다.)〉

길동은 뛰어난 재주를 가졌음에도 불구하고 과거조차 볼 수 없는 신분이다. 그런 길동이 벼슬을 요구함으로써 사회 제도에 도전하고 있다.

임금님은 할 수 없이 길동에게 벼슬을 내려 주기로 결심했다. 길동을 병조 판서로 삼겠다는 명을 온 나라에 알리자 길동은 곧바로 관리의 의복을 차려입고 초헌에 한가롭게 올라타 궁궐 앞으로 나타났다. 길동이 궐문으로 들어올 때 신하들은 귓속말을 했다.

"길동이 오늘 임금님을 뵙고 나올 것이니, 군사를 매복시켰다가 길동이 나오거든 단숨에 해치우자."

길동은 임금님 앞으로 나아가 절을 올렸다.

"소신이 죄가 큰데 도리어 은혜를 입어 평생 한을 풀고 돌아갑니다. 이제 전하를 다시 뵙지 못할 것입니다. 임금님께서는 만수무강하옵소서."

길동은 말을 마치자마자 공중으로 솟구쳐 구름에 싸여 사라졌다.

임금님은 길동이 사라진 하늘을 바라보며 한숨을 쉬었다.

"길동의 신기한 재주는 고금에 드문 것이다. 이 나라를 떠난다고 하니 다시는 나타나 문제를 일으키지 않을 것이다. 수상하기는 하지만, 장부의 화통함을 지니고 있으니 염려 없을 것 같구나."

환약(丸藥) 약재를 가루로 만들어 반죽하여 작고 둥글게 빚은 약
천비(賤婢) 예전에, 신분이 천한 여자 종을 이르던 말
고혈(膏血) 사람의 기름과 피
고금(古今) 옛날부터 지금에 이르기까지의 동안

임금님은 그 후 길동 잡는 일을 그만두었다.

요고아의 싸움

길동은 조선을 떠나기로 결심하고 구름을 타고 다니며 머물 곳을 찾아 보았다. 길동은 활빈당을 데리고 제도라는 섬으로 들어가 집을 짓고 농사에 힘쓰는 한편, 날마다 군법을 연마했다. 그리고 어느 날 부하를 불러 말했다. ☆ 옛날 한고조가 숨어 살던 곳으로 유명한 중국의 산

"내가 망당산에 들어가 화살촉에 바를 약을 구해 오겠다."

길동은 그 길로 제도를 떠나 넓은 바다를 건너 망당산으로 향했다. 길동이 며칠을 걷다가 낙천 땅을 지나치는데, 백용이라는 부자가 잃어 버린 딸을 찾고 있다는 소문이 들렸다. 백용 부부는 딸을 찾아 주는 이에게 재산을 나누어 주고 사위로 삼겠다며 길 가는 사람들을 모두 붙잡고 애원하고 있었다. 길동은 측은한 마음이 들었으나 '어디로 가서 찾겠는가?' 생각하며 가던 길을 재촉했다.

길동이 망당산에 들어가 약을 캐며 산천을 둘러보는데 어느새 해가 지고 길이 깜깜해졌다. 길동은 이리저리 헤매어 다니다가 문득 사람의 소리를 들었다. 길동이 그 소리를 따라가 보니 괴물 몇 백이 냇가에 앉아 소란을 떨고 있었다. 길동이 가만히 살펴보니 사람의 형상을 하고 있으나 분명 짐승이었다.

그것은 '울동'이라는 짐승으로, 여러 해 산속에서 도를 닦아 호풍환
☆ 상상 속의 짐승

34

우하는 조화를 부릴 줄 알았다.

'내 평생 두루 다니며 보았지만 저 같은 것은 처음 본다. 저것을 잡아 세상에 보이리라.'

길동은 수풀에 몸을 감추고 우두머리 놈을 향해 활을 당겼다. 화살을 맞은 우두머리 울동은 소리를 크게 지르고는 몇 백의 부하를 거느리고 달아났다. 길동이 따라가서 잡으려 했으나 밤이 깊고 간 곳을 알 수 없었다. 길동은 큰 나무를 안고 의지하여 밤을 지냈다.

날이 밝은 후 내려와 보니 그 놈이 피 흘리며 도망간 자국이 있었다. 길동이 그 흔적을 찾아 몇 십 리를 들어가 보니 커다란 바위 성이 나타났다. 길동이 그 앞으로 가서 문을 두드리자 문을 지키던 요괴 하나가 나와 길동에게 물었다.

"당신은 무슨 일로 이 깊은 곳까지 왔는가?"

길동이 보니 과연 어제 보았던 무리였다. 길동은 손을 들어 읍하고 말했다.

"나는 조선 사람으로, 의술을 알아 약초를 캐러 이 곳에 왔는데, 그만 산속에서 길을 잃었소. 여기서 당신들을 만나니 참으로 다행이오."

길동의 말을 듣더니 요괴는 기쁜 기색을 비쳤다.

"당신이 의술을 안다고 하니, 혹시 상처를 치료할 수도 있소?"

길동은 모른 척하며 물었다.

"그야 물론이지요. 그런데 무슨 일이 있어 그러시오?"

요괴가 대답했다.

"우리 대왕이 부인을 새로 정하고 어젯밤 잔치를 벌였

호풍환우(呼風喚雨) 요술로 바람과 비를 불러일으킴
읍(揖) 인사하는 방법의 하나. 두 손을 맞잡아 얼굴 앞으로 들어 올리고 허리를 앞으로 공손히 구부렸다가 몸을 펴면서 손을 내린다.

홍길동전 **35**

는데 하늘에서 날아온 화살을 맞아 목숨이 위태롭소. 당신이 명의라고 하니 잘되었소. 우리 왕을 고쳐 주면 큰 상을 주겠소."

길동이 요괴를 따라서 성 안으로 들어가 보니 오색이 영롱한 곳에 울동이 누워 신음하고 있고, 그 곁에 두 여인이 눈물을 흘리며 앉아 있었다.

"내가 우연히 하늘의 화살을 맞아 이리 아프오. 그대가 의술이 있다 하니 하늘이 나를 살리는 것이로다. 그대는 재주를 아끼지 말고 나를 치료해 주시오."

길동은 울동의 상처를 조심스럽게 살펴보더니 이렇게 말했다.

"먼저 몸 속을 치료할 약을 쓰고, 다음에 몸 바깥을 치료할 약을 쓰는 것이 좋겠습니다."

길동은 약 주머니 속에 있던 독약을 꺼내 따뜻한 물에 섞어 울동에게 먹였다. 울동은 얼마 후 소리를 한 번 꽥 지르고는 그 자리에 쓰러져 죽었다. 대장이 목숨을 잃자 모든 울동들이 날뛰며 길동에게 달려들었다.

길동은 지니고 있는 무기가 없었다. 길동은 몸을 솟구쳐 공중으로 달아났다. 그러나 이 울동들도 수천 년 도를 닦은 요괴들이라, 곧 풍우를 부려 바람을 타고 길동을 쫓아왔다.

길동은 재빨리 주문을 외워 육정육갑을 불러내 요괴를 잡으라 명령했다. 그러자 하늘에서 무수한 귀신 장수가 나타나 울동들을 하나하나 잡아 왔다. 길동은 그 놈들의 칼을 빼앗아 모든 요괴들을 베고, 곧바로 바위 성으로 들어가 두 여인을 처치하려 했다.

명의(名醫) 병을 썩 잘 고쳐 이름난 의사
오색(五色) 다섯 가지의 빛깔. 파랑, 노랑, 빨강, 하양, 검정을 이른다.
풍우(風雨) 바람과 비
육정육갑(六丁六甲) 둔갑술을 할 때에 부르는 귀신 장수 이름

그러자 여인들이 울며 애원했다.

"저희는 요괴가 아니라 사람입니다. 제발 구해 주십시오."

길동은 문득 백용이 딸을 잃어버린 일이 생각났다. 과연
그 중 한 명은 백용의 딸이었고, 또 한 명은 조철의 딸이
라고 했다.

길동이 두 여인을 구해 내어 부모에게 데려
가자 그들은 매우 기뻐하며 그 자리에서
길동을 사위로 삼았다. 길동은 두 부인
과 친척들을 모두 데리고 제도 섬으로
돌아갔다.

율도국의 왕이 되다

길동은 장차 큰 일을 이루려는 뜻을 품고 군사를 모아 무예를 익히게 했다. 길동의 군대는 점점 커져 기병 십만, 보병 이십만에 이르렀다.

어느 날 길동이 장군들을 불러 말했다.

"내 어찌 이런 조그만 섬에 오래 머물겠는가? 이 근처에 율도국이란 나라가 좋다 하니 한번 구경하고자 한다. 장군들의 뜻은 어떠한가?"

길동은 군사들을 모두 배에 태워 율도국으로 향했다. 길동의 군대는 몇 달 만에 칠십 개가 넘는 성을 함락시켰다.

길동의 군대는 철봉성 앞에 진을 치고 철봉성 태수 김현충에게 먼저 편지를 보냈다.

"활빈당 우두머리 홍 장군이 철봉 태수에게 전한다. 내가 하늘의 명을 받아 의병을 이끌고 도탄에 빠진 백성을 구하니, 모든 성이 이미 항복하였다. 너는 하늘의 뜻에 승복하여, 나와서 항복하라."

그러나 충성스러운 철봉 태수는 매우 화를 내며 길동이 보낸 편지를 찢어 버렸다.

"이름 없는 작은 도둑이 감히 나를 욕보이다니! 내가 당당히 힘을 다하여 이 도둑을 잡고 분을 씻겠다."

태수는 군사를 거느려 성 밖으로 나가 소리쳤다.

"이름 없는 작은 도둑이 어찌 감히 우리 지방을 침범하느냐? 어서 나와 내 칼을 받아라!"

그러자 선봉장 돌통이 나서며 길동에게 말했다.

38

"닭을 잡는 데 어찌 소 잡는 칼을 쓰겠습니까?"

'적이 대단치 않으니 장군이 직접 나설 필요 없이 제가 해치우겠습니다'라는 뜻

돌통은 태수 앞으로 달려 나갔다. 돌통과 태수가 맞붙어 삼십 번 넘게 칼을 부딪쳤다. 그러나 승부가 나지 않았다.

태수는 정신을 가다듬고 크게 고함을 지르더니, 창을 들어 돌통이 탄 말의 가슴을 찔러 거꾸러뜨렸다. 돌통이 위기에 빠진 것을 보고 길동은 즉시 주문을 외워 육정육갑을 불러내 명령했다.

"가서 돌통을 구해 오라!"

돌통이 무사히 진으로 돌아오자 길동이 돌통을 위로하며 말했다.

"적장의 용맹이 뛰어나 우리 중에 맞설 이가 없으니, 내가 괴이한 꾀를 내어 철봉 태수를 사로잡겠다."

다음 날, 두 군대의 싸움이 다시 시작되었다. 돌통이 또다시 앞으로 나서며 외쳤다.

"철봉 태수는 군사들을 괴롭히지 말고, 나와 함께 승부를 겨루자! 어서 나와 내 칼을 받아라!"

기세등등한 철봉 태수가 말을 몰고 달려와 돌통을 향해 칼을 휘두르자 얼마 안 가 돌통이 또다시 궁지에 몰렸다. 돌통은 뒤로 돌아 산속으로 말을 달렸다. 태수는 곧바로 돌통의 뒤를 쫓았다.

이 때 산속에 숨어 있던 한 무리의 군사가 태수에게 달려들었다. 황금 투구에 황포를 입은 장수가 황색 군사를 거느리고 달려오자 태수는 깜짝 놀라 동쪽으로 달아났다.

그러자 청금 투구를 쓰고, 청포를 입고, 청총마를

진(陣) 전투를 하기 위해 어느 곳에 군대를 배치하는 일. 또는 그 군대가 배치된 모양.
선봉장(先鋒將) 제일 앞에 진을 친 부대를 지휘하는 장수
청총마(靑驄馬) 갈기와 꼬리가 파르스름한 백마

타고, 청색 군사를 거느린 장수가 동쪽에서 나타나 태수 앞을 가로막았다. 태수는 놀라서 남쪽으로 도망갔다.

남쪽에서는 적금 투구에 적포를 입고, 주작을 탄 장수가 적색 군사를 거느리고 우르르 몰려 나왔다.

깜짝 놀란 태수가 남쪽을 버리고 이번에는 서쪽으로 달아나자 백금 투구를 쓰고, 백포를 입고, 백호를 타고, 백색 군사를 거느린 장수가 달려와 태수를 가로막았다.

태수는 방향을 틀어 북쪽으로 도망쳤다. 그러나 흑금 투구에 흑포를 입고, 현무를 타고, 흑색 군사를 거느린 장수가 또 나타나 태수 앞을 막았다.

동서남북에서 신비로운 장수들이 나타나 사방에서 에워싸자 태수는 정신을 차릴 수가 없었다. 이 때 문득 공중에서 한 신선이 내려와 태수에게 말했다.

"너 같은 평범한 장수가 어찌 감히 나의 의병에 맞서겠느냐."

그는 귀신 장수들을 호령하여 태수를 묶으라고 명령했다. 태수는 꼼짝도 하지 못한 채 길동 앞으로 끌려왔다. 태수가 사로잡힌 것을 본 철봉의 군사들은 항복하여 길동의 군대에게 문을 열었다.

태수는 눈을 부릅뜨고 소리쳤다.

"내가 순간 너의 간사한 계략에 속아 사로잡혔으나, 어찌 살기를 바라겠느냐! 빨리 죽여 나의 충성을 온전케 하라!"

길동은 탄식하며 말했다.

초등필수
단어장

주작(朱雀) 남쪽 방위를 지키는 신령을 상징하는 짐승. 붉은 봉황의 형상이다.
백호(白虎) 서쪽 방위를 지키는 신령을 상징하는 짐승으로, 범의 형상이다.
현무(玄武) 북쪽 방위를 지키는 신령을 상징하는 짐승으로, 거북과 뱀이 뭉친 형상이다.

"과연 충신이로다. 어찌 저런 사람을 해치겠는가."

길동은 내려가 태수를 묶은 줄을 풀어 주고, 자리로 데려와 옆에 앉게 하였다. 그리고 술과 음식을 권하며 놀란 정신을 진정시켜 주었다. 태수는 감동하여 그제야 길동에게 완전히 항복했다.

길동은 태수에게 철봉성을 지키게 하고, 이튿날 군사를 이끌고 율도국의 도성으로 향했다.

길동의 군대가 도성 가까이에 진을 치자 율도국 왕은 직접 군대를 이끌고 나와 길동을 쫓았다. 길동의 군대는 나타났다가는 사라지고, 사라졌다가는 다시 나타나 왕의 군대를 점점 깊은 산속으로 끌어들였다.

왕은 뒤늦게 함정에 빠진 것을 깨달았지만, 왕이 자리를 비운 도성에 이미 길동의 군대가 들이닥친 후였다. 길동의 계략에 넘어갔음을 알게 된 왕은 그 자리에서 자결했다.

길동은 전국을 돌며 창고를 열어 굶주린 백성들을 먹이고, 곳곳에 방을 붙여 백성들의 불안한 마음을 위로했다. 그리고 길동은 율도국의 왕이 되었다.

길동이 왕이 된 후 십 년 만에 율도국은 산에 도적이 없어지고, 길에 물건이 떨어져 있어도 아무도 주워 가지 않게 되었다.

길동이 왕위에 오른 지 삼십 년이 지나 어느덧 길동의 나이는 예순이 되었다. 길동은 큰아들에게 왕위를 물려주고, 부인 백씨와 함께 영신산으로 들어갔다.

알고 나면 더 재밌어요!

길동은 왜 율도국으로 떠났을까?

길동이 원하는 것은 신분의 차별 없이 모든 사람에게 기회를 주는 사회였다. 그러나 자신이 살고 있는 조선에서는 그러한 꿈을 이룰 수 없기에 길동은 의적이 되어 탐관오리들을 벌하며 세상에 항의했고, 결국에는 자신의 꿈을 펼치기 위해 새로운 이상향을 찾아 떠날 수밖에 없었다고 볼 수 있다.

길동은 산속에 정자를 짓고 한가롭게 세월을 보냈다.

그러던 어느 날, 오색구름이 정자를 에워싸고 천둥소리가 진동했다.

왕이 깜짝 놀라 산으로 올라가 보니, 부왕과 어머니는 어디론가 사라지

고 정자에는 아무런 흔적도 남아 있지 않았다.  길동이 신선 세계로 떠났음을 암시하고 있다.

초드필수
단어장

부왕(父王) 왕자나 공주가 자기의
아버지인 임금을 이르던 말

짧은 글 짓기를 해 보아요

1 방자하다

2 눈엣가시

3 매진하다

4 널따랗다

5 제아무리

이해력을 길러요

1 '홍길동전'은 주인공 홍길동의 일대기를 다루고 있습니다. 홍길동이 어떠한 삶을 살아가
는지 정리하며 빈 칸을 채워 봅시다.

( )로 태어나 아버지를 아버지라 부르지 못하고 형을 형이라 부르지 못하며 천대
를 받음 → ( )의 우두머리가 되어 탐관오리의 재물을 빼앗아 가난한 사람을 도
움 → 임금에게 ( ) 직책을 요구하고 소원을 이룬 후, 무리를 데리고 나라를 떠남
→ 망당산에서 요괴를 물리치고 ( )를 얻음 → 군사를 키워 ( )을 치고
왕위에 올라 나라를 태평성대로 이끎 → 노년에 산속에서 살다가 ( )로 떠남

2 길동은 자신의 생각과 세상의 정해진 규율이 다름으로써 생기는 외적인 갈등을 겪고 있
습니다. 그 갈등에 대해 정리해 봅시다.

길동의 꿈	
길동의 현실	
갈등이 일어나는 근본적인 원인	

사고력을 길러 보아요

1 다음 홍길동의 행동에 대한 이유가 소설 속에는 구체적으로 드러나 있지 않습니다. 길동의 마음을 상상하여 써 봅시다.

길동은 도둑 무리의 우두머리가 된 후 '활빈당'이라고 이름 짓고 단순한 도적질이 아닌 의적 활동을 했다.	
길동은 마지막으로 임금에게 벼슬을 요구했다.	
길동은 의적 활동을 그만두고 조선을 떠나 새로운 땅의 왕이 되려 했다.	

2 홍길동은 사회에 순응하기보다는 적극적으로 대항하는 모습을 보여 줍니다. 사회의 부조리에 대한 이러한 대응 방식을 어떻게 생각하나요? 내가 길동이라면 어떻게 했을까요?

논리력을 길러 보아요

1 활빈당은 탐관오리가 부정한 방법으로 모은 재물을 빼앗아 가난한 사람들에게 나누어 줍니다. 이러한 행동이 정당하다고 생각하는지, 정당하지 않다고 생각하는지 자신의 의견을 밝혀 논리적으로 전개해 보세요.

2 '홍길동전'의 배경이 되는 조선 시대에는 신분 제도가 존재했습니다. 신분의 차별을 두는 사회에 대해 자신의 생각을 정리하여 써 봅시다.

허생전

박지원 지음

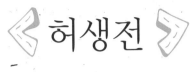

교과서에도 있어요.

중학 국어 2-2 [해냄]
고등 국어 상 [천재교육]
고등 문학 I [교학도서, 천재교과서]

줄거리를 읽어 봐요

허생은 입에 풀칠하기도 어려운 형편이지만 몇 년 동안 책 읽기에만 전념한 가난한 선비입니다. 하루는 배가 고픈 아내가 도둑질이라도 할 수 없느냐며 눈물을 흘립니다. 그러자 허생은 부자에게 돈 만 냥을 빌려 전국을 돌아다니며 장사를 합니다. 그렇게 큰 재물을 모은 허생은 돈을 바다에 버리고 남은 돈으로는 가난한 사람들을 돕다가 집으로 돌아옵니다. 집에 돌아온 허생은 또다시 글을 읽으며 세월을 보내지요. 마침 인재를 구하던 어영대장이 허생을 찾아오지만, 허생은 무능력한 지배자들을 비판하며 호통을 쳐서 어영대장을 쫓아내 버립니다.

이것만은
꼭 알고 가자!!

　'허생전'은 조선 시대의 실학자 박지원이 청나라에 다녀와서 쓴 '열하일기'라는 책에 실린 한문 소설입니다. 박지원은 청나라에서 돌아오는 길에 들은 이야기라며 허생의 이야기를 전했는데, 이 이야기가 후대에 '허생전'이라고 불리게 된 것입니다.

　박지원은 '허생전' 외에도 '양반전', '호질' 등의 사회 비판적인 소설들을 썼습니다. 그는 허례허식만 따지는 학문을 비판하고, 실제로 백성들에게 이익이 되는 학문을 추구해야 한다고 주장한 학자였습니다. 또한 다른 나라의 앞선 문물을 적극적으로 받아들여야 한다는 생각도 가지고 있었습니다. 실학자 박지원의 이러한 사상이 '허생전'에 모두 녹아 있습니다.

　'허생전'은 허생이라는 인물을 내세워 사회의 병폐를 파헤치고, 그에 대한 대안까지 담아 낸 소설입니다. '허생전'에 드러난 조선 후기 사회의 모습과 실학자 박지원의 비판의식을 파악하며 읽어 봅시다.

허생전

가난한 선비

★ '허씨 성을 가진 생원'을 이름. '생원'은 나이 많은 선비를 대접하여 이르는 말이다.

묵적골에 허생이라는 선비가 살고 있었다. 남산 밑에 가면 우물 위에 오래된 은행나무가 서 있는데, 이 은행나무를 향하여 허생의 집 사립문이 열려 있었다. 두어 칸 되는 초가는 비바람을 막아 주지 못할 정도로 허름했다. 그러나 허생은 글 읽기만 좋아하여 그의 아내가 남의 집 바느질을 하여 겨우 입에 풀칠을 하고 살았다.

하루는 몹시 배가 고팠던 아내가 울음 섞인 목소리로 말했다.

"평생 과거를 보지 않으면서 글은 뭐하러 읽습니까?"

허생은 웃으며 대답했다.

"나는 아직 독서를 충분히 하지 못하였소."

"그럼 장인바치 일이라도 할 수는 없나요?"

"장인바치 일은 배우지 않았으니 어떻게 하겠소?"

초등필수 단어장

사립문 나뭇가지로 엮어 만든 문
칸 건물, 공간 등을 용도에 맞는 크
기나 모양으로 둘러막은 공간
초가(草家) 지붕을 짚으로 덮은 집
장인바치 '장인'을 낮잡아 이르는 말.
장인은 도자기, 가구, 옷, 신 등을 수
공업으로 만드는 일을 하는 사람이다.

허생은 어떤 사람인가?
허생은 매우 궁핍하게 살지만 생활을 위해 일하지 않고 글만 읽는 양반이다. 아내와의 대화를 보면 허생은 벼슬을 목적으로 공부하는 사람이 아니다. 그러나 앞으로 전개되는 내용을 보면 허생이 그저 무능한 양반만은 아님을 알 수 있다.

"그럼 장사를 할 수는 없나요?"

"밑천이 없는데 장사를 어떻게 하겠소?"

아내는 버럭 화를 내며 소리쳤다.

"밤낮 글을 읽더니 '어떻게 하겠소?'라는 소리만 배웠어요? 장인바치 일도 못 한다, 장사도 못 한다, 그럼 도둑질은 할 수 있나요?"

허생은 읽던 책을 덮고 일어나며 말했다.

"아깝구나. 내가 십 년 동안 글을 읽으려 했는데, 이제 겨우 칠 년이 지났거늘."

허생은 문밖으로 휙 나섰다.

거리로 나갔으나 허생은 아는 사람이 없었다. 허생은 운종가로 가서 한 사람을 붙들고 물었다.

★ 지금의 종로에 해당하는 곳

"서울에서 제일가는 부자가 누구입니까?"

그가 변씨라고 말해 주자 허생은 곧바로 그의 집을 찾아갔다. 허생은 변씨에게 인사를 한 후 말했다.

"내가 집이 가난한데 무얼 좀 해 보려고 하니 만 냥만 빌려 주십시오."

변씨는 선뜻 만 냥을 주었다. 허생은 고맙다는 인사도 하지 않고 돌아섰다.

곁에 있던 사람들이 보니 허생은 딱 거지꼴이었다. 실띠는 술이 빠져 너덜너덜하고, 갖신은 뒷굽이 내려앉아 있었으며, 갓은 쭈그러지고, 허름한 도포를 걸쳐

실띠 실을 꼬아서 만든 띠
갖신 가죽으로 만든 우리 고유의 신을 통틀어 이르는 말
구차하다 말이나 행동이 남을 대하기에 떳떳하지 못하다.
행색(行色) 겉으로 드러난 사람의 차림새와 행동

48

고 있었다. 코에서는 맑은 콧물도 흘러내렸다. 허생이 나가자 모두들
어리둥절하여 변씨에게 물었다.

"누군지 알지도 못하는 사람에게 만 냥을 내어
주고 이름도 묻지 않다니, 도대체 어떻게 된 일입니까?"

변씨가 대답했다.

"남에게 무엇을 빌리러 오는 사람은 원래 구차한 설
명이 많고 비굴한 표정을 숨기지 못하는 법이다. 그런
데 저 손님은 행색이 볼품없지만 구차하지 않고 부끄
러운 기색이 없구나. 그는 재물이 없어도 스스로 만
족할 수 있는 사람일 것이다. 그런 사람이 해 보려
는 일이 무엇인지 궁금하다. 빌려 주지
않을 거라면 모르지만, 이왕 주는 것인데 이
름을 물어 무얼 하겠느냐?"

만 냥으로 백만 냥을 벌다

허생은 만 냥을 가지고 바로 안성으로 내려갔다. 안성은 많은 지역의 사람들이 모여드는 길목이었다. 허생은 대추, 밤, 감, 배, 그리고 석류, 귤, 유자 등의 과일을 두 배 가격으로 사들였다. 허생이 과일을 모조리 사들이자 온 나라에 과일이 없어 잔치와 제사를 지내지 못할 지경에 이르렀다. 얼마 안 가 허생에게 과일을 팔았던 상인들이 열 배의 값을 주고 도로 사 가게 되었다.

☆ 이를 매점매석(買占賣惜)이라 한다. 물건을 대량으로 사들였다가 값이 오른 뒤 다시 팔아 이익을 챙기는 일을 말한다.

허생은 길게 한숨을 쉬었다.

"만 냥으로 온갖 과일의 값을 좌지우지할 수 있었으니 우리나라의 형편을 알 만하구나."

☆ 조선 경제의 작은 규모와 무력함을 한탄하고 있다.

그리고 허생은 제주도로 가서 이번에는 말총을 모두 사들였다.

"몇 해 지나면 온 나라 사람들이 머리를 싸매지 못할 것이다."

☆ 망건 값이 비싸져 사람들이 망건을 사서 쓸 수 없게 될 것이라는 뜻

좌지우지하다 어떤 일을 어느 한 사람이나 몇 사람이 제 마음대로 하다.
말총 말의 목덜미나 꼬리에 길게 난 뻣뻣한 털
망건(網巾) 지난날, 상투를 튼 사람이 머리카락이 흘러내리지 않도록 머리에 두르던, 그물처럼 생긴 물건. 보통 말총이나 사람 머리카락으로 만든다.
사공(沙工) 주로 강에서 노를 젓는 작은 배를 부리는 일을 직업으로 하는 사람

얼마 안 가 허생의 예상대로 망건 값이 열 배로 뛰어올랐다.

허생은 그 돈을 가지고 늙은 사공을 찾아가 물었다.

"바다 밖에 혹시 사람이 살 만한 빈 섬이 있는가?"

사공이 대답했다.

"있습지요. 언젠가 바다에서 풍랑을 만나 사흘 동안 흘러갔다가 사람이 살지 않는 섬에 닿았지요. 꽃과 나무가 무성하고 과일이 많이 열려 있었습니다. 짐승들은 떼 지어 놀고, 물고기가 사람을 보고도 놀라지 않았어요."

허생은 매우 기뻐하며 사공에게 제안했다.

"나를 그 곳에 데려다 준다면 함께 부귀를 누리게 될 것이네."

허생과 사공은 바람을 타고 배를 몰아가다 드디어 섬에 이르렀다. 허생은 높은 곳으로 올라가 사방을 둘러보더니 실망한 듯 말했다.

알고 나면 더 재밌어요!

조선 후기 상업의 발달

농업 사회였던 조선은 후기에 들어서며 상업이 활성화되었다. 시장이 생겨나고 상인들이 적극적으로 화폐를 사용하여 물건을 거래하기 시작했다. 또 상거래를 통해 부를 축적한 새로운 부자 계층이 생겨났다. '허생전'을 통해 우리는 상업 사회로 이동하던 당시의 모습을 엿볼 수 있다.

"땅이 천 리도 못 되니 여기서 무엇을 하겠는가? 토지가 비옥하고 물이 좋으니 부잣집 늙은이는 될 수 있겠구나."

사공이 물었다.

"사람이라고는 하나도 없는데 대체 누구와 함께 사신단 말씀입니까?"

"덕이 있으면 사람은 절로 모인다네. 덕이 없는 것이 두렵지, 사람이 없는 것이 걱정이겠느냐?"

이 때에 변산에는 도적 떼가 우글거리고 있었다. 각 지방에서 군대를 모아 수색을 벌였으나 도적 떼는 좀처럼 잡히지 않았다. 도적 떼도 꼼짝하지 못하니 배를 곯고 있을 수밖에 없었다. 허생은 도적 떼의 산채를 찾아가 우두머리를 달랬다.

"천 명이 천 냥을 빼앗아 와서 나누어 가지면 한 사람이 얼마나 갖게 되오?"

"한 사람당 한 냥이지요."

"모두 아내가 있소?"

"없소."

"논밭은 있소?"

도적들은 어이없어하며 웃었다.

"땅이 있고 처자식이 있으면 도둑이 되었겠소?"

"왜 아내를 얻고, 집을 짓고, 소를 사서 논밭을 갈며 지내려 하지 않는 거요? 그렇다면 도둑놈 소리도 듣지 않고, 집에서 부부의 정을 나누며 즐겁게 지낼 수 있을 텐데. 잡힐 것을 걱정하지 않아도 될 테고 말이오."

알고 나면 더 재밌어요!

도적 떼가 된 농민들
'허생전'이 쓰였던 시대에, 백성들은 점점 궁핍해져 빈민층으로 몰락한 일부 농민들이 도적 떼가 되기도 했다. '허생전'에는 그러한 사회 상황이 잘 드러나 있다.

"우리라고 왜 그런 것을 바라지 않겠소? 돈이 없어 못 할 뿐이지."

허생은 웃으며 말했다.

"도둑질을 하면서 돈을 걱정하다니. 내가 그 돈을 마련해 주겠소. 내일 바다에 나와 보시오. 붉은 깃발을 단 배는 모두 돈을 실은 배이니 마음대로 가져가시오."

이렇게 약속하고 허생은 산을 내려갔다. 도적들은 모두 허생을 미친 놈이라며 비웃었다.

이튿날, 도적들이 바닷가에 가 보니 정말 허생이 돈 삼십만 냥을 싣고 와 기다리고 있었다. 모두들 놀라 허생 앞에 줄지어 절을 했다.

"저희들은 이제 장군의 명을 따르겠습니다."

허생은 도적들에게 말했다.

"이제 이것들을 짊어지고 가거라."

도적들이 앞다투어 돈을 짊어졌다. 그러나 한 사람이 백 냥 이상을 지지 못했다.

"백 냥도 지지 못하면서 무슨 도둑질을 하겠느냐? 너희들은 도둑으로 이름이 알려져 선량하게 살아가려 해도 갈 곳이 없을 것이다. 내가 여기서 기다리고 있을 테니, 백 냥을 가지고 가서 아내 될 사람과 소 한 필을 데려오너라."

허생의 말에 도둑들은 모두 기뻐하며 흩어졌다.

허생은 이천 명이 일 년 동안 먹을 양식을 준비하고 기다렸다. 도적들은 빠짐없이 모두 돌아왔고, 그들은 모두 배에 올라타 빈 섬으로 들어갔다. 허생이 도둑을

덕(德) 너그럽고 인정이 많고 잘 베푸는 훌륭한 인격
굶다 가난하거나 양식이 없어서 여러 끼를 전혀 또는 제대로 먹지 못하다.

초등필수
단어장

다 쓸어 가자 나라에서는 시끄러운 일이 사라졌다.

그들은 나무를 베어 집을 짓고 대나무를 엮어 울타리를 만들었다. 기름진 땅에서는 곡식이 잘 자라났다. 허생은 삼 년 먹을 양식을 남겨 두고 나머지를 모두 배에 싣고는 일본의 한 섬으로 가져가 팔았다. 흉년이 들었던 그 섬의 사람들은 양식을 얻게 되었고, 허생은 은 백만 냥을 벌었다.

"이제야 나의 조그만 시험이 끝났구나."

허생은 이천 명의 섬 사람들을 모아 놓고 말했다.

"이 섬에 들어올 때 나는 우선 너희들을 배불리 먹이고 난 후 새로운 문명을 만들어 새 세상을 열려 했다. 그러나 땅이 좁고 덕이 엷으니 나는 이제 여기를 떠나려 한다. 아이들을 낳거든 오른손에 숟가락을 쥐게 하고, 하루라도 먼저 난 사람이 먼저 먹게 양보하도록 가르쳐라."  인간이 지켜야 할 예절과 도리를 가르치라는 의미

허생은 나머지 배들을 모두 불살랐다.

"가지 않으면 오는 이도 없을 것이다."

그리고 돈 오십만 냥을 바다에 던졌다.

"바다가 마르면 주워 갈 사람이 있겠지. 백만 냥은
이 나라에서도 감당할 수 없거늘, 하물며 이런 작은 섬
에서 어찌 감당하겠느냐."

그런 후 허생은 섬에서 글을 아는 사람들을 모두 배
에 태웠다.

"이 섬에 화근을 없애야겠다." ☆ 허생은 글을 아는 양반이
세상을 망치는 원인을 제공한다는 생각을 갖고 있다.

이렇게 섬에서 돌아온 허생은 나라 안을 돌아다니며 가난한 사람들
을 도왔다. 그래도 허생에게는 십만 냥이 남아 있었다.

"이것은 변씨에게 갚아야겠다."

꼭 드 필수
단어장

감당하다 일을 맡아서 잘 처리하다.
화근(禍根) 재앙이 되는 근본 원인

허생전   **55**

집으로 돌아온 허생

허생은 변씨를 찾아갔다.

"나를 알아보시겠소?"

변씨는 허생을 보고 깜짝 놀랐다.

"안색이 조금도 나아지지 않은 것을 보니, 혹시 하려던 일을 실패한 것이 아니오?"

허생이 웃으며 대답했다.

"재물로 인해 얼굴에 기름이 도는 것은 당신네들 이야기겠지요. 만 냥으로 도를 살찌울 수는 없소."

허생은 빌려 간 돈의 열 배인 십만 냥을 변씨 앞에 내놓았다.

"순간의 배고픔을 견디지 못하고 글 읽기를 중도에 포기한 것이 부끄러울 따름이오."

변씨는 매우 놀라 벌떡 일어났다. 그는 사양하며 빌려 준 돈의 이자만 계산하여 받겠다고 말했다. 그러자 허생은 매우 화를 내며,

"당신은 나를 장사치로 보는가?"

라고 말하고는 소매를 뿌리치고 나갔다.

변씨는 허생의 뒤를 조용히 따라가 보았다. 허생은 남산 밑으로 가서 조그만 초가로 들어갔다. 변씨는 우물 옆에서 빨래를 하는 할머니에게 물어보았다.

"저 조그만 초가가 누구의 집이오?"

"허 생원 댁입지요. 가난한 형편에도 글공부만 좋아하더니 어느 날 훌쩍 집을 나가 오 년 동안 돌아오지 않았답니다. 지금은 부인 혼자 살고 있는데, 부인은 허 생원이 집을 나간 날로 제사를 지내고 있답니다."

부인은 아무 말 없이 집을 나가 돌아오지 않는 허생이 죽었다고 생각했다.

변씨는 이제야 그의 성이 허씨라는 것을 알고 집으로 돌아갔다.

다음 날, 변씨는 받은 돈을 모두 가지고 허생을 찾아와 도로 돌려주려 하였다. 그러나 허생은 한사코 돈을 받지 않았다.

"내가 부자가 되고 싶었다면 백만 냥을 버리고 십만 냥을 받겠소? 대신 이제부터 당신의 도움을 받아 살겠소. 가끔 와서 보고 양식이나 떨어지지 않게, 옷이나 입게 해 주면 만족하오. 재물 때문에 정신을 괴롭히고 싶지는 않소."

변씨는 허생을 설득할 수 없었다. 그 때부터 변씨는 허생의 집에 양식이나 옷이 떨어질 때쯤 직접 찾아가 도움을 주었다. 허생은 흔쾌히 변씨의 도움을 받았지만 혹시라도 많이 가져오면 표정이 굳어졌다.

"나에게 재앙을 갖다 맡기면 어찌하오?"

변씨가 술병을 들고 갈 때는 매우 반가워하면서 함께 술잔을 기울였다.

이렇게 몇 해를 지내며 허생과 변씨의 우정은 깊

허생은 재물보다 정신을 중요하게 여기며, 물욕을 매우 경계하는 사람이다.

안색(顏色) 건강이나 감정의 상태가 나타나는 얼굴의 빛깔이나 표정. 얼굴 빛.
이자(利子) 돈을 은행 등에 맡기거나 남에게 빌려 준 대가로 받는 일정한 비율의 돈
장사치 장사하는 사람을 낮잡아 이르는 말
한사코 어떤 일에 대해 뜻을 굽히지 않고 기어이
흔쾌히 기쁜 마음으로 선뜻

초등필수 단어장

어 갔다. 어느 날 변씨는 허생에게 오 년 동안 백만 냥을 벌 수 있었던
비결을 물어보았다.

"그건 알기 쉬운 일이오. 우리나라는 외국과 배로 오가지 않고, 수레
가 온 나라를 다니지 않소. 그래서 한 지역에서 난 것은 그 곳에서만 있
다가 사라지지요. 만 냥이 있으면 한 가지 물건을 독점할 수 있소. 수레
면 수레 전부, 배면 배를 전부, 한 고을이면 고을을 전부, 마치 촘촘한
그물로 훑어 내듯 할 수 있지요. 뭍에서 나는 만 가지 중에 하나를 슬그
머니 독점하고, 물에서 나는 만 가지 중에 하나를 슬그머니 독점하고,
의원의 만 가지 약재 중에 하나를 슬그머니 독점하면, 한 가지 물건이
한 곳에 묶여 있는 동안 장사치들은 물건이 동나게 되지요. 이는 백성
을 해치는 길이오. 훗날 백성을 다스리는 자들이 나와 같은 이러한 방
법을 쓴다면 나라를 병들게 할 것이오."

변씨는 허생의 말을 듣다가 또 이렇게 물었다.

"내가 선뜻 만 냥을 빌려 줄 거라 생각했소?"

허생이 대답했다.

"만 냥을 가지고 있는 사람이라면 누구나 빌려 줄 거라고 생각했소."

변씨는 이번에는 다른 이야기로 화제를 돌렸다.

"남한산성에서 오랑캐에게 당했던 치욕을 씻어 보고자 하는 사대부
들이 많소. 지금이야말로 지혜로운 선비가 일어나 행동해야 할 때가 아
니오? 선생의 그 재주를 왜 썩히고 있소?"

"어허, 세상에 나서지 않고 묻혀 지낸 사람이 한둘이었소? 학자 조성
기는 적국에 사신으로 보낼 만한 인물이지만 베잠방이로 늙어 죽었소.

58

☆ 조선 시대의 학자로, 벼슬길에 오르지 않고 전국을 떠돌아 다녔으며 농민을 지도하는
데 관심을 기울였다. 토지를 균등하게 분배하는 것과 과거 제도 폐지 등을 주장했다.

유형원 같은 분도 군량을 조달할 만한 능력이 있었지만 저 바닷가에서

떠돌았지 않소? 지금 나라를 다스리는 사람들은 알 만한 것들이오. 나

는 장사를 잘하는 사람이라 매우 큰 돈을 벌었지만 바닷속에 버리고 돌

아왔소. 도무지 쓸 곳이 없었기 때문이오."

변씨는 한숨만 내쉬고 집으로 돌아갔다.

어영대장을 꾸짖다

변씨와 잘 알고 지내는 어영대장 이완이 어느 날 변씨에게 주위에 숨

어 있는 인재가 있느냐고 물었다. 변씨가 허생의 이야기를 해 주자 이

대장은 깜짝 놀랐다.

"그게 정말인가? 그의 이름이 무엇인가?"

변씨는 허생과 삼 년을 알고 지내면서도 그의 이름을 몰랐다. 이 대

장은 허생을 꼭 한 번 만나 보고 싶었다. 그래서 그 날 밤 변씨를 따라

허생의 집으로 갔다. 변씨는 이 대장을 문밖에서 기다

리게 하고 먼저 집으로 들어가 허생에게 그를 데리고

온 이유를 설명했다. 그러나 허생은 못 들은 척하며,

"당신이 차고 온 술병이나 어서 내놓으시오."

하고는 즐겁게 술을 들이켰다. 변씨는 밖에서 기다리

는 이 대장이 신경 쓰여 계속 말을 꺼냈지만 허생은 대

꾸도 하지 않았다.

독점(獨占) 물건, 권리, 이익 등
좋은 것을 혼자 차지하는 것
총총하다 들어선 모양이 빽빽하
다.
화제(話題) 서로 나눌 수 있는
이야깃거리
사대부(士大夫) 문무 양반을 일
반 평민층에 상대하여 이르는 말
군량(軍糧) 군대의 양식
어영대장(御營大將) 조선 시대
에 둔 어영청의 으뜸 벼슬
들이켜다 술이나 물 등을 한꺼
번에 빠르게 마시다.

밤이 깊은 후에야 허생은 이 대장을 집으로 불러들였다. 이 대장이 방에 들어와도 허생은 자리에서 일어나지 않았다. 이 대장은 몸 둘 곳을 몰라 하며 나라에서 어진 인재를 구하는 뜻을 설명했다. 허생은 손을 내저으며 말을 막았다.

"밤은 짧은데 말이 길어 듣기 지루하오. 당신은 지금 무슨 벼슬에 있소?"

"대장이오."

"그렇다면 나라의 신임을 받는 신하로군. 내가 와룡 선생 같은 이를 천거하겠소. 임금께서 삼고초려하도록 청할 수 있겠소?"

> 三顧草廬. 유비가 제갈량을 세 번이나 찾아가 마침내 참모로 삼았다는 이야기에서 유래한 말. 인재를 맞아들이기 위해 여러 번 찾아가 간곡히 청하는 일을 뜻한다.

> 제갈량

이 대장은 고개를 숙이고 한참 생각하다가 대답했다.

"그건 어렵습니다. 두 번째 방법을 말씀해 주십시오."

"나는 '두 번째'라는 것은 모르오."

그러나 허생은 이 대장의 간청에 못 이겨 말을 이었다.

"명나라 장졸들이 우리나라로 망명해 와서 정처 없이 떠돌고 있소. 종친의 딸들을 그들에게 시집보내고, 권세 있는 이들의 집을 빼앗아 그들에게 나누어 주도록 나라에 청할 수 있겠소?"

> 청나라에 맞서기 위해서는 명나라의 남은 세력과 결탁해야 하니, 그들에게 부자들의 재산을 나누어 주자는 의미이다.

이 대장은 또 고개를 숙이고 한참 생각하더니,

"그것도 어렵습니다."

라고 대답했다.

"이것도 어렵다, 저것도 어렵다 하면 도대체 무슨 일을 하려 하오? 가장 쉬운 일이 있는데 할 수 있겠소?"

이 대장은 허생의 말을 기다렸다.

☆ '중국 땅을 차지하고 있는 청나라에 맞서 싸우려면'의 의미이다.

"무릇 천하에 대의를 외치려면 먼저 천하의 호걸들을 만나 결탁해
야 하고, 남의 나라를 치려면 첩자를 써야 하는 법이오. 지금 청나라
가 중국 땅의 주인이 되어 본래의 중국 민족과 화합하지 않고 있소.

☆ 조선이 전쟁에 패하고 청나라와 화친을 약속한 것을 말한다.

그런데 조선이 다른 나라보다 먼저 그들을 섬겨 그들은 우리를 가장
믿고 있소. 그러니 우리 자제들이 청나라로 유학 가 벼슬하는 것과 우
리 상인의 출입을 막지 않을 것을 요청한다면 그들도 승낙할 것이오.
우리나라의 자제들을 뽑아 변발시키고 오랑캐의 옷을 입혀서, 선비는
과거를 보고 평민은 장사를 하며 정탐하는 한편, 그 땅의 호걸들과 결
탁한다면 다시 한 번 천하를 뒤집고 우리나라의 치욕을 씻을 수 있을
것이오."

"예법을 지키는 사대부들 중 누가 변발을 하고 오랑캐의 옷을 입으려
하겠습니까?"

허생은 크게 꾸짖었다.

☆ 진시황제를 죽이려던 자객 형가가 진시황제를 안심시키기 위해,
진나라의 장수였던 번오기의 머리를 베어 갔다고 한다.

"사대부란 것들이 무엇이란 말인가? 흰 옷을 입고 상투를 트는 것이
예법인가? 번오기는 원수를 갚기 위해 자신의 머리를 아끼지 않았고,
무령왕은 나라를 강하게 만들기 위해 오랑캐의 옷을 부끄럽게 여기지

☆ 무령왕은 중국
전국 시대의
왕으로, 군사들
에게 적군의
옷을 입혔다.

않았거늘. 치욕을 씻겠다고 하면서 그까짓 머리털을
아끼고, 말을 타고 칼을 쓰며 활을 당기고 돌을 던져야
할 마당에 넓은 소매의 옷을 고쳐 입지 않겠다니. 내가
세 가지를 말했는데 한 가지도 할 수 없다고 하면서 신
임받는 신하라 하겠는가? 신임받는 신하라는 게 이런
것이란 말인가? 너 같은 자는 칼로 목을 잘라야 할 것

천거(薦擧) 어떤 사람을 소개하
거나 추천함
망명(亡命) 정치, 사상, 종교 등
의 문제로 자기 나라에서 받는
박해를 피해 외국으로 가는 일
종친(宗親) 임금의 친족
변발(辮髮) 지난날 만주족의 풍
습으로, 남자의 머리를 뒤쪽 가
운데 부분만 남기고 모두 깎아
뒤로 길게 땋아 늘인 머리

☆ 허생은 허례허식만 따지며 공허한 북벌
을 주장하는 사대부들을 비판하고 있다.

이다."

허생은 주위를 둘러보며 칼을 찾으려 했다. 이 대장은 놀라서 황급히 뒷문으로 뛰쳐나가 도망쳤다.

다음 날, 허생의 집은 텅 비었고 허생은 온데간데없이 사라져 버렸다.

조선과 청나라의 관계
청나라는 만주족이 명나라를 몰아내고 세운 나라이다. 명나라와 친교를 맺고 있었던 조선은 청나라를 인정하지 않고 대립했다. 이에 청나라가 군사를 끌고 조선으로 쳐들어와 백성들은 심하게 약탈당했으며, 임금은 직접 머리를 조아리고 항복하는 굴욕을 당했다. 그리하여 당시는 청나라에 대한 반감이 매우 심했고, 그 치욕을 씻어야 한다는 목소리가 높았다. 그러나 이러한 국민 감정을 이용하여 북벌을 내세우며 국내 문제를 외면하는 사대부들에 대해 허생은 비판적인 시각을 갖고 있다. 참고로, '허생전'을 쓴 박지원은 청나라를 여행하며 새로운 경험을 한 후, 외국의 앞선 문물을 적극적으로 받아들여야 한다는 주장을 했다.

짧은 글 짓기를 해 보아요

1 행색

2 좌지우지하다

3 안색

4 독점

5 삼고초려

이해력을 길러요

1 다음은 허생의 행적에 따른 그의 마음속 생각을 상상하여 쓴 것입니다. 빈 칸을 채우며
   '허생전'의 내용을 정리해 봅시다.

과거를 보지 않으면서도 10년 동안 글을 읽으려고 계획함	"공부는 과거를 보는 수단이 아닌, 그 자체로 값진 것이다."
매점매석으로 돈을 벌어들임	
도둑 무리를 데리고 빈 섬으로 들어감	
전국을 돌아다니며 가난한 사람들을 도움	
인재를 구하는 어영대장을 꾸짖어 내쫓음	"나라가 온통 부패하였고, 나의 개혁안이 받아들여지지 않으니 벼슬길에 나간들 무슨 소용이 있겠는가."

2 허생은 어떤 인물인가요? 허생이 재물을 대하는 태도와 사회에 대해 품고 있는 생각을
   중심으로 하여 정리해 봅시다.

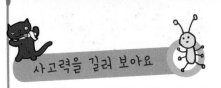 

1 '허생전'의 곳곳에는 조선 후기의 사회상이 잘 드러나 있습니다. 다음의 내용으로 엿볼 수
   있는 시대 상황을 정리하여 써 보세요.

   허생은 대추, 밤, 감, 배, 그리고 석류, 귤, 유자 등의 과일을 두 배 가격으로 사들였다. 허
   생이 과일을 모조리 사들이자 온 나라에 과일이 없어 잔치와 제사를 지내지 못할 지경에
   이르렀다. 얼마 안 가 허생에게 과일을 팔았던 상인들이 열 배의 값을 주고 도로 사 가게
   되었다.

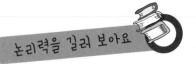

1 허생은 실리를 취할 수 있는 능력과 사회 개혁안을 가지고 있는 인물이지만, 그것을 현실
   에서 사용하지는 않습니다. 돈을 모두 버리고 돌아와 다시 글만 읽는다든가, 인재를 구하
   는 어영대장을 내쫓고 자취를 감추어 버리지요. 이러한 허생의 태도를 어떻게 생각하나
   요? 자신의 의견을 정리하여 써 보세요.

2 '허생전'에는 당시 사회의 문제점들과 개혁안이 드러납니다. 허생의 시대와 마찬가지로
   지금 사회에도 해결되지 않은 문제가 존재할 것입니다. 그 중 하나를 찾아 그에 대한 해
   결 방안을 생각해 봅시다.

문제점	해결 방안

이생규장전

김시습 지음

교과서에도 있어요.

중학 국어 3-2 [지학사]
고등 문학 Ⅰ [천재교육]
고등 문학 Ⅱ [창비, 비상, 해냄]

줄거리를 읽어 봐요

이생은 담장 너머로 아름다운 최랑을 엿보고 가슴이 두근거립니다. 이생과 최랑은 담 너머로 사랑의 편지를 던져 주고받으며 서로의 마음을 알게 되지요. 그 날 밤 이생은 드디어 담을 넘어 최랑을 만나게 되고, 둘은 서로 사랑하는 사이가 되었습니다. 그러나 얼마 안 가 이생이 그만 아버지에게 들켜 버리고 맙니다. 이생은 시골로 쫓겨 내려가고 최랑은 상사병에 걸려 자리에 눕습니다. 다행히 이생과 최랑이 주고받은 시를 발견한 최랑의 부모님이 이생의 집에 청혼하게 되고, 둘은 혼인하여 행복하게 살았습니다. 그러나 몇 년 후 전쟁이 일어나며 이생과 최랑의 사랑에는 또 한 번 시련이 닥쳐옵니다.

이것만은 꼭 알고 가자!!

★ 李生: 이 서생, 窺: 엿볼 규, 牆: 담 장, 傳: 전할 전
'이 서생이 담 너머를 엿보는 이야기'

'이생규장전(李生窺牆傳)'은 조선 초기의 학자 김시습이 쓴 '금오신화'라는 소설집에 실려 있습니다. 이 책은 한문으로 쓰였으며, 남녀의 애정과 신비로운 소재 등을 다루고 있습니다.

'이생규장전'을 비롯한 '금오신화'의 소설들이 특별한 의미를 가지는 것은, 우리 고전 문학에 비로소 소설이라는 형식이 정착된 첫 번째 작품이기 때문입니다. 김시습의 '금오신화'는 이후의 우리 고전 소설들에 커다란 영향을 주었습니다.

'이생규장전'은 남녀의 만남과 헤어짐을 그리고 있습니다. 사랑하는 이들이 부모님으로 인해, 그리고 전쟁 때문에 가슴 아픈 이별을 하게 됩니다.

이 소설을 지은 김시습은 다섯 살에 신동이라 불릴 만큼 재주가 뛰어났으나, 21세에 수양대군이 조카의 왕위를 빼앗은 소식을 듣고, 보던 책들을 모두 태워 버린 뒤 머리를 깎고 전국을 유랑하였다고 합니다. 세상을 등지고 살아간 문인이 어떤 마음으로 이 소설을 썼을지도 함께 느껴 보며 감상합시다.

이생규장전

이생이 담 안을 엿보다

☆ 개성의 옛 이름으로, 고려의 수도이다.

송도 낙타교 근처에 이씨 성을 가진 서생이 살고 있었는데, 그의 나이는 열여덟로 풍채 좋고 재주가 뛰어났다. 그는 어려서부터 국학에 다녔으며 길을 걸으면서도 글을 읽었다.

그가 다니는 길목에 선죽리라는 마을이 있었는데, 그 곳의 한 귀족 집안에 최씨 처녀가 살고 있었다. 나이는 열대여섯쯤 되었는데 자태가 아름답고 자수에 능하며 시와 문장을 잘 지었다.

이생은 책을 끼고 국학에 갈 때마다 언제나 최랑의 집을 지나쳤다. 최랑의 집 북쪽 담 밖에는 수십 그루의 수양버들이 늘어져 담을 둥글게 둘러싸고 있었다.

어느 날 이생이 수양버들 아래에서 잠시 쉬다가 담장 안을 들여다보았는데, 뜰 안에는 이름난 꽃들이

> 초등필수 단어장
> 서생(書生) 글공부를 하는 사람
> 국학(國學) 고려 시대에 선비들을 모아 학문을 닦게 한 교육 기관
> 수양버들 가지가 가늘고 길게 늘어지며 잎은 길쭉한 나무

활짝 피어 있고 벌들이 윙윙 날아다니며 새들이 지
저귀고 있었다. 꽃들 사이로는 작은 별당이 언뜻언
뜻 비쳤다.

주렴으로 반쯤 가리고 비단 휘장이 낮게 드리워
진 별당 안에서는 아름다운 한 낭자가 수를 놓고
있었다. 낭자는 잠시 손을 멈추더니 턱을 고이고 시를 읊기 시작했다.

사창에 홀로 앉아 수놓기도 지쳤거늘
우거진 꽃밭 속 꾀꼬리 소리 요란하다.
살랑이는 봄바람을 부질없이 원망하며
가만히 바늘을 멈추고 생각에 잠기노라.

길 가는 저 사람은 어느 집 도련님인고?
푸른 옷깃 넓은 띠만 버들 사이로 비치네.
이 몸이 제비 되어 훨훨 날 수 있다면
주렴을 사뿐히 걷고 담장 위로 날아가리.

이생은 낭자가 읊은 시를 듣고 마음이 설레었으나 담은 높고 별당
은 너무 멀리 떨어져 있었다. 이생은 어쩔 수 없이 서운한 마
음을 품은 채 국학으로 향했다. 그리고 돌아오는 길
에 시를 써 넣은 종이를 기와 조각에 매달아
담장 안으로 던져 넣었다.

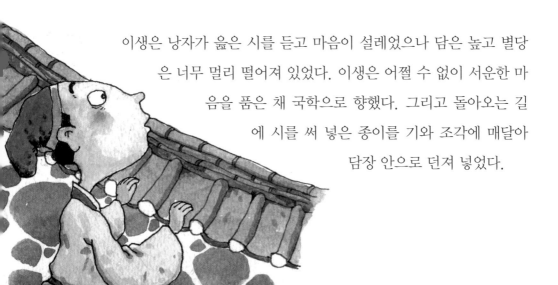

☆ 巫山. 중국에 있는, 선녀가 산다는 산.

(무산) 열두 봉우리 첩첩이 감싼 안개

반쯤 드러난 봉우리에 푸른빛이 도는구나.

양왕의 외로운 꿈 시름도 많아   ☆ 陽臺. 중국 초나라 양왕이 선녀와 만난 곳.

구름 되고 비가 되어 (양대)에 내리소서.

☆ 사마상여(司馬相如)는 중국 한나라 시절의 문인으로,
탁왕손에게 초대되어 갔다가 그의 딸인 과부 탁문군에
게 반해 거문고로 꾀어내어 도망가 살았다고 한다.

(사마상여가 탁문군을 꾀어내듯)

마음속 정회는 이미 넘쳐흐르네.

담장 위를 붉게 물들인 (복사)꽃과 (오얏)꽃,
            ☆ 복숭아   ☆ 자두

바람에 날려 어디로 떨어지나.

좋은 인연 되려는지 나쁜 인연 되려는지

속절없는 나의 마음 하루가 일 년 같네.

스물여덟 자 시로 이미 인연 맺었으니

어느 날 남교(藍橋)에서 선녀를 만나려나.

알고 나면
더 재밌어요!

'이생규장전' 속의 시
이생과 최랑은 시를 읊으며 두근
두근하는 사랑의 감정을 고백하기
도 하고, 애달픈 이별의 마음을 표
현하기도 한다. 이생과 최랑이 몇
번의 만남과 이별을 겪으면서 그때
그때의 감정을 어떻게 시 속에 담
아 내는지 감상하며 읽어 보자.

최랑은 시녀 향아를 시켜 편지를 주워 오게 했다.
최랑은 그 시를 읽고 또 읽으며 마음속으로 매우 기뻐
했다. 그리고 종이쪽지에 짤막한 편지를 써서 담장 밖
으로 던졌다.

〈도련님, 의심 마시고, 날이 저물 즈음 만나기를 바
랍니다.〉

이생은 날이 어두워지기를 기다려 최랑의 집으로

향했다. 담장 아래에 이르니 복사꽃 가지 하나가 담장 위로 넘어와 그림자가 하늘거리고 있었다. 이생이 가까이 가서 살펴보니 담장 안으로부터 그넷줄이 드리워져 있고 그 끝에는 앉을 자리가 매달려 있었다. 이생은 줄을 잡고 담을 넘었다.

이생과 최랑의 사랑

때마침 동산 위로 달이 떠오르고 꽃 그림자가 뜰 안에 너울거리며 맑은 향기가 그윽하게 풍겼다. 이생은 신선 세계에 들어선 듯한 기분이었지만 한편으로는 몰래 숨어 들어온 것이 겁이 나 머리칼이 쭈뼛 곤두설 지경이었다.

최랑은 꽃 속에 파묻혀 향아와 함께 꽃을 꺾어 머리에 꽂고, 구석진 곳에 자리를 펴 앉아 있었다. 그리고 이생을 보더니 방긋 웃으며 시 두 구절을 먼저 읊었다.

복사와 오얏 가지에 꽃송이 탐스럽고
원앙금침 베개 위에 달빛도 고와라.

이생은 최랑의 시 끝에 이렇게 화답했다.

언젠가 봄소식이 새 나간다면

속절없다 어찌할 도리가 없다.
너울거리다 물결이나 넓은 천 같은 것이 부드럽고 느리게 잇달아 굽이치다.
원앙금침(鴛鴦衾枕) 원앙을 수놓은, 부부가 함께 덮는 이불과 베개
화답하다 상대가 읊은 시나 노래에 내해 시나 노래로 답하다.

비바람 무정하고 또한 가련하리오.   ☆ 최랑과의 사랑에 시련이 닥칠 것을
걱정하는 마음이 드러난다.

이생의 시를 듣고 최랑은 얼굴빛이 변했다.

"도련님, 저는 도련님과 부부가 되어 영원한 행복을 누리려고 했는데 도련님께서는 어찌 그런 마음 약한 말씀을 하십니까? 비록 여자의 몸이지만 저는 조금도 두렵지 않습니다. 어찌 장부가 그런 말씀을 하십니까? 언젠가 이 일이 알려지게 되더라도 부모님의 꾸지람은 제가 모두 듣겠습니다."   ☆ 자신의 감정에 솔직하고 당당한 최랑의 성격을 알 수 있다.

최랑은 향아를 시켜 술과 과일을 내오게 했다. 향아가 들어가자 주위는 고요하여 아무런 기척도 들리지 않았다.

이생이 물었다.

"대체 여기가 어디입니까?"

"이 곳은 저희 집 후원의 작은 별당입니다. 부모님께서 외동딸인 저를 사랑하시어 연못가에 따로 별당을 지어 주셨습니다. 봄이 되어 꽃들이 활짝 피면 부모님은 저를 이 곳으로 보내 향아와 함께 즐겁게 놀다오라 하십니다. 부모님이 계신 곳은 여기서 멀리 떨어져 있기 때문에 웃고 크게 이야기해도 쉽게 들리지 않을 것입니다."

최랑은 상을 물리고 이생에게 말했다.

"오늘의 일은 결코 작은 인연이 아닙니다. 저를 따라오셔서 좀 더 정담을 나누는 것이 어떨지요?"

최랑이 북쪽 창문으로 들어가고 이생이 그 뒤를 따랐다. 별당에 달려 있는 사다리를 타고 올라가니 그 위에 다락방이 있었다. 이생은 최랑과 사랑을 속삭이며 그 곳에서 여러 날을 지냈다.

머칠 후 이생이 말했다.

공자가 말한 '父母在, 不遠遊, 遊必有方(부모님이 살아 계시면 멀리 떠나지 아니하며, 떠나면 반드시 가는 곳을 알려야 한다.)'를 이름.

"옛 성현들 말씀에 부모가 계시면 외출할 때 반드시 가는 곳을 알리라고 했소. 내가 집을 나선 지 오늘로 사흘째라 부모님께서는 아마도 문밖에 나와 나를 기다리고 계실 것이오. 이는 자식 된 도리가 아니오."

최랑은 이생을 보내기가 서운했지만 고개를 끄덕이고, 그가 몰래 담을 넘도록 도와 주었다.

쪼개진 거울이 다시 만나다

집으로 돌아간 후에도 이생은 저녁마다 최랑의 별당을 찾아갔다.

그러던 어느 날, 아버지가 불러 이생을 엄하게 꾸짖었다.

"전에는 아침에 나갔다가 저녁에 들어왔는데, 요즘은 저녁에 나갔다가 새벽에 들어오니 무슨 짓을 하고 다니는 게냐? 틀림없이 경박한 놈들의 행실을 배워 남의 집 담을 넘나들며 꽃가지를 꺾고 다니는 것이 아니냐? 너는 즉시 집을 떠나 시골로 내려가 다시는 이 곳으로 돌아오지 말거라."

'함부로 여자를 희롱하고 다니는' 이라는 의미로 쓰였다.

이생은 아버지의 엄명에 아무 말도 못 하고 다음 날 바로 울주로 쫓겨 내려갔다.

지금의 울산

최랑은 저녁마다 뜰에 앉아 이생을 기다렸지만 며칠이 흐르고 몇 달이 가도 이생은 나타나지 않았

무정하다 남의 사정에 아랑곳없다.
물리다 밥상을 치우게 하다.
성현(聖賢) 말과 행동으로 많은 사람들에게 좋은 가르침을 주어 오늘날에도 존경받고 있는 현명하고 어진 옛사람

다. 혹시 병이 난 것이 아닌가 걱정이 된 최랑은 향아를 시켜 이생의 소식을 알아 오게 했다.

"그 집 도령은 아버지의 벌을 받아 시골로 떠난 지 벌써 여러 달 되었다오."

이 소식을 들은 최랑은 그만 병이 들어 자리에 눕고 말았다. 최랑은 음식도 먹지 못하고 말도 제대로 할 수 없었으며 얼굴빛은 점점 파리해져 갔다. 갑자기 시름시름 앓는 딸을 보고 이상히 여긴 부모님이 무슨 일인지 물어보아도 최랑은 아무런 대답도 하지 않았다.

걱정이 된 최씨 부부는 딸의 방 안에 있는 물건들을 뒤져 보다가 한 상자 속에서 최랑과 이생이 주고받은 시를 발견했다. 최씨 부부는 그제야 놀라서 무릎을 치며 말했다.

"어이구, 자칫하면 우리 귀한 딸을 잃어버릴 뻔했구려."

최랑은 더 이상 부모님께 숨길 수 없어 힘없는 목소리로 말했다.

"부모님께서 길러 주신 은혜가 깊사온데 어찌 사실을 숨기겠습니까? 소녀, 연약한 몸으로 온갖 시름이 말도 못 하며 외로움은 점점 깊어 죽을 지경에 이르렀습니다. 부모님께서 제 소원을 들어 주신다면 남은 목숨을 보존하게 될 것이나, 거절하신다면 죽음만이 있을 뿐입니다. 도련님과 저승에서 다시 만나 노닐지언정 맹세코 다른 집으로 시집가지는 않겠습니다."

최씨 부부는 딸의 마음을 알고 다시는 병에 대해 묻지 않았다. 그들은 딸을 달래는 한편 중매인을 불러 이생의 집으로 보냈다.

중매인이 찾아와 청혼하는 뜻을 전하자 이생의 아버지는 최랑의 가문에 대해 묻더니 이렇게 말했다.

"우리 집 아이가 비록 어린 나이에 허튼짓을 하고 다니긴 했으나, 학문에 정통하고 풍채도 그리 뒤지지 않습니다. 훗날 장원 급제를 하게 되면 그 이름을 세상에 떨칠 것이니, 서둘러 혼처를 정하고 싶지는 않습니다."

중매인이 돌아가 그대로 알리자 최씨는 다시 중매인을 보내 거듭 청혼했다.

"아드님의 재주가 남달리 뛰어나다는 이야기는 많이 들었습니다. 아직은 묻혀 있으나 언제까지 연못 속에만 잠겨 있을 인물이겠습니까? 아무쪼록 제때에 좋은 날을 받아 두어 두 사람의 연분을 이루어 주는 것이 좋겠습니다."

중매인이 가서 최씨의 말을 전했더니 이생의 아버지가 말했다.

"나도 젊었을 때부터 책을 손에서 놓지 않았으나 이렇게 늙은 몸이 되도록 이룬 것이 없습니다. 종들은 뿔뿔이 흩어지고 친척들의 도움도 받을 수 없어 집안 형편이 궁색합니다. 듣자 하니 최 낭자 댁은 대단히 부귀한 가문이라 하는데 어찌 우리 같은 가난한 선비 집안에서 사돈을 맺자고 할 수 있겠습니까? 이는 아마도 말 좋아하는 사람들이 우리 집안을 지나치게 칭찬하여 그 댁을 속인 것이 아닌가 합니다."

중매인이 돌아와서 이생 아버지의 말을 전하자 최씨는 이렇게 말하며 중매인을 돌려보냈다.

"혼례에 드는 모든 비용은 우리가 준비할 것이니, 좋

이생의 아버지는 최랑의 집안에 비해 가난하여 혼인을 맺을 수 없다고 생각하고 있다.

자칫하다 어쩌다가 조금 어긋나 잘못되다.
허튼짓 쓸데없이 아무렇게나 되는 대로 하는 짓
아무쪼록 간절히 바라건대
궁색하다 돈이 부족하여 살아가기가 몹시 어렵다.

초등필수
단어장

이를 '상경여빈(相敬如賓)'이라 한다. 부부는 서로를 대할 때 마치 손님을 대하듯 공경해야 한다는 뜻으로, 예로부터 부부간의 도리로 강조해 온 말이다.

은 날을 받아 혼사를 치르는 것이 좋겠습니다."

　그러자 이씨 집에서도 마음을 돌려 아들의 뜻을 물어보기로 했다. 이씨는 사람을 보내 이생을 집으로 불렀다. 이야기를 전해 들은 이생은 솟아오르는 기쁨을 감출 수 없었다.

　길한 날을 가려 마침내 이생과 최랑이 혼례를 올리니 끊어졌던 사랑이 다시 이어져 행복이 넘쳐흘렀다. 이생과 최랑은 부부가 된 후 원앙과 같이 서로 사랑하고, 서로를 공경하기를 마치 손님 대하듯 하여, 그 옛날의 양홍과 맹광 그리고 포선과 환소군이라도 그들의 절개와 의리를 따를 수 없었다.

양홍이 추녀인 맹광과 혼인하여 서로 공경하며 소박하게 살았다는 유명한 옛이야기가 있다.

부잣집 딸인 환소군이 가난한 포선과 혼인하여 서로 아끼며 검소하게 살았다는 이야기가 전해 온다.

　이생이 이듬해에 대과에 합격해 높은 벼슬에 오르자 그의 명성이 조정에 널리 퍼졌다.

최랑의 죽음

1361년 신축년에 홍건적이 송도를 함락시키자 왕은 복주로 피난 가고, 도적들은 백성들의 집을 파괴하고 사람을 해치며 가축과 재산을 닥치는 대로 약탈했다. 가족들은 서로를 돌보지 못한 채 이리저리 도망쳐 숨어야 했다.

이생도 가족들을 데리고 몸을 피할 곳을 찾아 산골로 깊숙이 숨어들다가, 칼을 들고 쫓아오는 도적을 피해 달아났다. 그러나 최랑은 미처 피하지 못하고 도적에게 사로잡혔다.

도적이 달려들자 최랑은 크게 호통쳤다.

"호랑이 창귀 같은 놈! 나를 죽여 씹어 먹어라! 이리의 밥이 될지언정 개돼지에게 내 몸을 더럽히지는 않겠다!"

화가 머리끝까지 치민 도적은 한칼에 최랑을 베고 시신을 들판에 버렸다.

이생은 황폐한 들에 숨어 목숨을 지키다가 도적이 모두 소탕되었다는 소식을 듣고 다시 마을로 내려왔다. 이생은 부모님이 살던 옛 집으로 찾아가 보았지만 이미 전쟁으로 불타 버리고 아무도 찾을 수 없었다.

최랑의 집으로 가 보니 행랑채는 쓸쓸하고 집 안에는 쥐들이 우글거리는데 새들만 짹짹 지저귀고 있었다. 이생은 슬픔을 억누를 길이 없어 지난날 노닐

알고 나면 더 재밌어요!

홍건적이란?

원나라에 대항한 한족 반란군으로, 붉은 천 조각으로 머리를 싸매어 동지의 표시로 삼았기에 이런 이름이 붙었다. 원나라 군사에 쫓기게 되자 한반도로 물러나며 고려를 두 차례 침범했으며, 소설에 나오듯 고려의 수도인 송도(개성)를 무너뜨리기도 했다. 결국 고려군의 공격으로 퇴각하였다.

초등필수 단어장

원앙 오리와 같은 종류에 속하는 물새로, 암수가 늘 함께 다녀 금슬이 좋은 부부를 상징한다.
대과(大科) 예전에 관리로 채용할 인재를 선발하기 위해 실시한 시험
창귀(長鬼) 범의 앞에서 먹을 것이 있는 곳으로 인도해 준다고 하는 못된 귀신
행랑채 대문간 곁에 있는 집채

던 별당에 올라가 눈물을 흘리며 한숨을 쉬었다. 이생은 날이 저물도록 우두커니 앉아 옛일을 생각했다. ☆ 죽은 최랑이 귀신이 되어 이생 앞에 나타난 것

밤이 되자 은은한 달빛이 들보를 비추고, 먼 데서부터 발자국 소리가 다가왔다. 이생이 놀라 살펴보니 바로 꿈에 그리던 최랑이었다. 이생은 부인이 죽었다는 것을 알았지만 너무도 사랑하는 까닭에 반가움이 앞서 의심도 하지 않고 물었다.

"부인은 어디로 피하여 목숨을 구했소?"

최랑은 이생의 손을 잡고 한바탕 통곡하고 나서 조용히 이야기를 시작했다.

"장차 백년해로하리라 여겼는데, 뜻하지 않은 재앙을 만나 승냥이와 호랑이 같은 도적놈에게 정조를 빼앗기지 않으려고 스스로 진흙탕에 몸이 찢겨 죽는 쪽을 택했습니다. 봄바람이 깊은 골짜기에 불어오고, 남은 인연을 맺기 위해 제 환신이 이승으로 되돌아왔습니다. 이제부터 그대 곁에 머물고자 하니 허락해 주시겠습니까?"

이생은 한편으로는 기뻤지만 슬픔을 억누를 수 없었다.

"진정으로 원하던 바요."

그 후 이생은 다시 벼슬을 구하지 않고 최랑과 함께 살았다. 이생은 세상일을 모두 잊고 친척이나 친구들의 길흉사에도 방문하지 않으며, 늘 최랑과 함께 시를 주고받으면서 금슬 좋게 세월을 보냈다.

그렇게 몇 년의 세월이 흐르고, 어느 날 저녁 최랑이 이생에게 말했다.

"세 번이나 아름다운 인연을 맺었지만 세상 일이 뜻대로 되지 않아

☆ 이생이 본래 과거에 합격하여 벼슬길에 올랐던 사람이며, 이생의 아버지도 아들의 입신양명을 바라며 혼인을 거절했던 것을 기억해 보자. 사랑을 잃고 난 후 이생의 가치관이나 생각에 큰 변화가 생겼음을 알 수 있다.

78

즐거움이 다하기도 전에 갑자기 슬픈 이별의 때에 이르렀습니다."

최랑은 이렇게 말하며 울음을 터뜨렸다. 이생이 놀라,

"왜 그러는 것이오?"

하고 물으니, 최랑이 대답했다.

"저승으로 돌아갈 운명을 계속 거역할 수는 없습니다. 저와 낭군님의 연분이 아직 끊어지지 않았고, 또 전생에 아무런 죄악도 없었기에 천제께서 이 몸을 환신시켜 낭군님과 더불어 맺힌 한을 풀게 하셨지만, 인간 세상에 오래 머물러 산 사람을 어지럽게 할 수는 없습니다."

최랑은 하인을 시켜 술을 내오게 하고 시 한 곡조를 노래로 부르며 이생을 달랬다.

칼과 창이 부딪치는 전쟁터,
옥이 부서지고 꽃이 떨어져 원앙새는 짝을 잃고

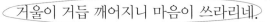 참혹한 전쟁 속에서 죽임을 당하고 이별하게 되었음을 표현한 것

나뒹구는 해골을 누가 거둬 주리오?
피에 물든 떠도는 혼령 하소연할 데가 없구나.
고당에 내려온 무산 선녀

★ 이전에도 이생과 최랑은 이별과 만남을 반복했다.

거울이 거듭 깨어지니 마음이 쓰라리네.
이제 한번 이별하면 다시 만나기 어려우니
하늘과 땅 사이는 소식조차 막히리라.

★ 이번의 이별은 생과 죽음으로 갈라져 영원히 만날 수 없다는 뜻

노래 한 소절을 부를 때마다 눈물에 목이 메어 거의 곡조를 이루지 못했다. 이생은 슬픔을 참을 수 없

 초등필수 단어장

들보 건물에서, 칸과 칸 사이의 두 기둥 위를 건너지른 나무
백년해로(百年偕老) 부부가 되어 한평생을 사이좋게 지내고 즐겁게 함께 늙음
길흉사(吉凶事) 혼례나 환갑 따위의 경사스러운 일과 상을 당하는 등의 흉사를 아울러 이르는 말
금슬(琴瑟) 거문고와 비파. 부부 간의 사랑을 이르는 말.

어 울먹였다.

"차라리 낭자와 더불어 저승에 갈지언정 외로이 남은 목숨을 부지하고 싶지는 않소. 부디 나와 함께 인간 세상에 머물다가 백년 해로를 이룬 뒤에 함께 저승으로 갑시다."

⭐ 죽은 사람이라 저승 세계에 이름이 올라 있다는 뜻

"낭군님의 수명은 아직 남아 있습니다. 저는 이미 귀신의 명부에 적혀 있어 오래 지체할 수 없습니다. 인간 세상에 있고 싶다고 하여 저승의 법을 어긴다면 저만 죄를 입는 것이 아니라 그 화가 낭군님께도 미칠 것입니다. 다만 한 가지 바라는 것은 들판에 흩어진 저의 유골을 찾아 비바람과 햇살에 나뒹굴지 않게 거두어 주십시오."

이생과 최랑은 서로 바라보며 눈물만 줄줄 흘렸다.

"낭군님께서는 부디 몸조심하십시오."

최랑은 마지막 인사를 하고 나서 점점 사라지더니 마침내 자취를 감추었다.

이생은 최랑의 유골을 거두어 부모님의 무덤 옆에 장사를 지냈다.

그 후 이생은 지난 일을 그리워하다가 병을 얻어 몇 달 뒤에 세상을 떠나고, 사람들은 이생과 최랑의 죽음을 안타까워하며 그들의 절개를 오래도록 기억했다.

초등필수
단어장

부지하다 힘겹게 보존하다.
지체하다 늑장을 부리거나 질질 끌다.

DATE

짧은 글 짓기를 해 보아요

1 너울거리다

2 물리다

3 아무쪼록

4 궁색하다

5 금슬

이해력을 길러요

1 '이생규장전'은 이생과 최랑의 거듭되는 만남과 헤어짐으로 이야기가 전개됩니다. 다음의
빈 칸을 채우며 사건이 진행되는 과정을 정리해 봅시다.

만남	사랑의 난관	이별을 극복하는 방법
이생이 담을 넘어 최랑을 만남	이생의 아버지가 이생을 지방으로 쫓아냄	최랑 집안의 구혼으로 혼인하게 됨
두 사람이 혼인하여 행복하게 지냄		
이생이 바깥출입도 하지 않고 최랑과 금슬 좋게 지냄		극복할 수 없음

2 위의 표에서 드러나듯 이생과 최랑의 만남과 가슴 아픈 이별을 통해 이 소설이 강조하여
보여 주고자 한 것은 무엇일까요?

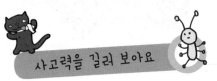

1   다음은 소설 속에서 이생과 최랑의 성격을 단적으로 드러내 주는 부분입니다. 이생과 최
    랑의 성격이 어떠한지 정리하여 말해 봅시다.

· 이생은 최랑의 시 끝에 이렇게 화답했다. "언젠가 봄소식이 새 나간다면 / 비바람 무정하
  고 또한 가련하리오."
· 이생은 아버지의 엄명에 아무 말도 못 하고 다음 날 바로 울주로 쫓겨 내려갔다.

    이생의 성격 :

· "비록 여자의 몸이지만 저는 조금도 두렵지 않습니다. (…) 언젠가 이 일이 알려지게 되더
  라도 부모님의 꾸지람은 제가 모두 듣겠습니다."
· "부모님께서 제 소원을 들어 주신다면 남은 목숨을 보존하게 될 것이나, 거절하신다면 죽
  음만이 있을 뿐입니다. 도련님과 저승에서 다시 만나 노닐지언정 맹세코 다른 집으로 시
  집가지는 않겠습니다."

    최랑의 성격 :

2   '이생규장전'에는 많은 시들이 등장합니다. 이생과 최랑이 사랑을 속삭이는 데 시가 빠졌
    다면 이 작품은 어떻게 달라졌을까요?

1   귀신으로 환생하여 사랑을 이룬다는 비현실적이고 환상적인 설정은 지금도 많은 소설과
    영화에서 반복하여 쓰이고 있습니다. 이러한 이야기가 오래도록 많은 사람들의 사랑을 받
    는 이유가 무엇인지 설명해 봅시다.

바리데기

작자미상

교과서에도 있어요.

중학 국어 3-2 [교학사]
고등 문학 II [창비, 해냄]

줄거리를 읽어 봐요

오귀 대왕은 결혼하여 딸을 일곱 명 낳습니다. 오귀 대왕은 화가 나 일곱 번째 태어난 딸을 내다 버리라고 합니다. 길대부인은 아기를 산속에 버리기 전에 바리데기라는 이름을 지어 줍니다. 석가세존이 바리데기를 구해 비리 공덕 할아비와 비리공덕 할미에게 기르게 합니다. 바리데기가 무럭무럭 자라나 열다섯 살이 되었을 때, 대왕 부부는 병을 얻어 자리에 눕습니다. 바리데기는 부모님을 구하기 위해 신선 세계의 약수를 구하러 떠납니다. 저승을 지나 신선 세계에 도착하자 무상신선이 바리데기에게 물 값과 나무 값을 요구합니다. 바리데기는 무상신선의 요구를 들어 주고 약수를 구해 부모님을 살립니다.

이것만은 꼭 알고 가자!!

　'바리데기'는 우리나라 전 지역에서 전해지는 굿 노래, 즉 무가(巫歌)입니다. 입에서 입으로 전해진 구비 문학이기 때문에 전국에서 조금씩 다른 형태로 남아 있습니다. 사람이 죽은 뒤 49일 안에 지내는 오구굿에서 이 노래를 불렀습니다. 오구굿은 죽은 사람의 영혼을 저승으로 잘 인도한다는 의미에서 행해지는 전통 무속 제의입니다.

　'바리데기'는 주인공 바리데기가 죽음을 관장하는 신이 되기까지의 과정을 노래하고 있습니다. 어려서 부모에게 버림받았으나 자라나 부모님을 죽음에서 구해 낸 효녀가 그 공을 인정받아 무신(巫神)이 되었다는 이야기입니다.

　'바리데기'에는 우리의 전통적인 정서가 녹아 있으며, 이승과 저승을 설정하는 세계관이 드러나 있습니다. 이 이야기에 담긴 옛사람들의 한의 정서와 무속적인 세계관을 이해하며 감상해 봅시다.

바리데기

일곱 번째 공주

☆ 죽은 이의 넋을 극락세계로 인도하는 귀신

불라국의 오귀 대왕은 결혼하기 전에 점쟁이를 불러 점을 보았다. 점쟁이는 이렇게 예언했다.

"대왕께서 올해 결혼을 하신다면 공주만 일곱을 낳을 것이고, 내년에 결혼을 하신다면 왕자 셋을 낳을 것입니다."

그러나 오귀 대왕은 점쟁이의 말을 따르지 않고 그 해에 결혼했다. 그러자 왕비 길대부인은 계속하여 공주 여섯을 낳았다.

점쟁이의 예언대로 되자 왕은 왕자를 낳게 해 달라고 신에게 치성을 드렸다. 그러던 어느 날 왕과 왕비가 똑같은 태몽을 꾸고, 길대부인에게 일곱째 아이의 태기가 있었다.

그 달부터 몸에 태기를 가지시는구나

치성(致誠) 신이나 부처에게 지성으로 빎
태기(胎氣) 아이를 배었음을 알게 해 주는 몸의 상태

한 달, 두 달 피를 모으고

석 달, 넉 달 자리 잡고

앉으시면 누울 자리만 바라시고

밥에서는 풋내 나고, 국에서는 날간장내 나고

수저에서는 놋쇠내 나고, 온갖 풋내가 거슬려.

먹던 음식 눈에 나고 없던 음식 청할 적에

시금시금 개살구, 맛 좋은 참살구

다 원하시는구나.

길대부인 하루는 해산기가 있어

아이고 배야, 아이고 허리야,

허허 이번에는 분명히 태자인가 보다

어찌 태자가 아니고야 이럴 수가 있느냐.

길대부인 정신없이 아이고 아이고,

이번에는 태자를 분명히 나야 할 것인디.

이것이 웬일이냐,

정신을 가다듬고 아기를 들여다보니

일곱차도 공주시네.

알고 나면
더 재밌어요!

'바리데기'는 노래였다
'바리데기'는 죽은 사람의 넋을 위로
하여 극락왕생을 비는 굿을 할 때 부
르던 노래이다. 그래서 노래로 부르기
좋은 운율을 가지고 있다. 이 부분은
굿 노래인 '바리데기'를 느낄 수 있도
록 원문에 가깝게 옮겨 놓았으니 노래
처럼 따라 부르며 감상해 보자.

왕은 화가 나서 아기의 얼굴을 보려고도 하지 않았다.

"그 아이의 울음소리도 듣고 싶지 않으니 갖다 버리시오!"

왕비는 홀로 앉아 아기를 안고 하염없이 통곡했다.

내 딸이야, 내 딸이야, 아이고오, 내 딸이야.
반짝반짝 눈 뜬 자식을 어디다가 버릴소냐.
죽은 자식을 버리러 가도요, 애간장이 다 녹아지는데
반짝반짝 산 자식으로 어디 갖다가 버릴소냐.

초등필수
단어장

하염없이 어떤 행동이나 심리
상태 따위가 자신의 의지와는
상관없이 계속되는 상태로

버림받은 바리데기

왕비는 아기를 안고 산속으로 들어갔다. 바람은 쓸쓸히 불어오고, 산새도 슬피 울었다. 첩첩한 산속에서 여기다 버릴까, 저기다 버릴까 둘러보아도 갓난아기를 버릴 곳은 없었다. 나무에 버리자니 날짐승이 무섭고, 땅에다 버리자니 길짐승이 무서웠다.

왕비는 더 깊숙한 산속으로 들어갔다. 산은 더욱 높이 치솟고 수풀이 우거졌다. 왕비가 주위를 둘러보았다.

"여봐라, 여기 잠깐 쉬어 가자. 이 곳을 살펴보니 겨드랑산인데 아기를 어디다 버리겠느냐?"

왕비는 아기를 품에 안고 큰 소리로 울었다.

"너와 내가 지금 헤어지지만 죽지 않고 만날 날이 있을까? 버렸다가 얻은 자식이니 네 이름을 바리데기라고 하자꾸나."

왕비는 속적삼을 찢은 후 손가락으로 피를 내어 '바리데기'라고 적었다.

하늘에 구름이 밀려오더니 갑자기 번개가 치고 천둥이 울리며 비가 쏟아지기 시작했다. 그러나 아기를 눕혀 놓은 자리에는 햇빛이 비쳤다.

그 때 서쪽 하늘에서 학이 날아와 아기 머리맡에서 빙글빙글 돌더니 갑작스럽게 달려들어 아기를 땅에 떨어뜨렸다. 그러더니 한쪽 날개에는 보따리를 차

고, 한쪽 날개에는
아기를 차고 어디론
가 훨훨 날아가 버렸다.

바리데기는 석가세존
의 지시를 받은 비리공덕
할아비와 비리공덕 할미에게
길러졌다. 바리데기는 한 가지
를 가르치면 두 가지를 알아들을
정도로 총명했다.

일곱 살이 되었을 때 바리데기는 비리
공덕 할아비와 할미에게 물었다.

"짐승들도 다 어미가 있는데, 저는 왜 부모님이 없나요? 저의 부모님
은 어디에 계신가요?"

할아비와 할미는 안타까워하며 이렇게 대답해 주었다.

"하늘이 너의 아버지이고, 땅이 너의 어머니란다."

그러자 바리데기는,

"하늘과 땅이 만물을 길러 내지만 그렇다고 사람을 낳을 수는 없어
요. 저의 부모님은 어디 있나요?"

하며 엉엉 서럽게 울었다.

날짐승 공중을 날아다니는 짐승이라는 뜻으로, 새 종류를 이르는 말
길짐승 기어 다니는 짐승을 통틀어 이르는 말
속적삼 저고리나 적삼 속에 껴입는 적삼
석가세존(釋迦世尊) '석가모니'를 높여 이르는 말

초등필수
단어장

약수를 찾아 떠나다

바리데기는 무럭무럭 자라나 열다섯 살의 소녀가 되었다.

이 때 왕과 왕비는 병이 들어 자리에 누워 있었다. 용한 의원들을 다 불러 보아도 나을 기미가 없었다. 그러던 어느 날 오귀 대왕의 꿈속에 청의동자가 나타나 말했다.

"대왕과 왕비님의 병은 공주를 내다 버린 죄로 하늘이 내린 병이니 신선 세계의 약수를 먹어야만 살 수 있습니다."

꿈에서 깬 오귀 대왕은 여섯 딸을 차례로 불러 약을 구해 오라고 부탁했다. 그러나 첫째 딸부터 여섯째 딸까지 모두 거절했다.

"신선 세계의 약수를 무슨 수로 구해 오겠습니까?"

대왕은 충성스러운 신하를 불러 말했다.

"약수를 구할 수 없으니 나는 이제 얼마 못 가 죽을 것이다. 일곱째 공주를 찾아 다오."

신하는 온 나라를 뒤져 바리데기를 찾아냈다. 비리공덕 할아비와 할미는 '바리데기' 이름이 적힌 아기의 보따리를 간직하고 있었다.

바리데기는 궁궐로 찾아가 왕비 앞에서 보따리를 풀어 보여 주었다. 왕비는 아기에게 써 주었던 이름을 알아보고 아픈 몸을 벌떡 일으켜서 달려가 바리데기를 꼭 안았다.

"네가 산속에 버리고 온 내 딸이냐? 이제야 너를 찾았구나."

대왕은 바리데기에게 약수를 찾아 오라고 부탁했다.

그러자 바리데기는,

"나라의 은혜를 입은 적은 없지만, 어머니 뱃속에 열 달 들어 있었던 은혜를 생각해 제가 약수를 구해 오겠습니다."

하고 말했다.

⭐ 바리데기가 남장을 하고 길을 떠날 준비를 하는 모습

바리데기는 <u>고의적삼</u>과 두루마기를 입고, 남자처럼 상투를 올리고, <u>패랭이</u>를 쓰고, 쇠지팡이를 짚고, 은지게에 금줄을 걸어 메고, 왕과 왕비가 손수 쓴 글씨를 받아 바지끈에 매었다. 그리고 여섯 언니들에게 당부했다.

"아바마마와 어마마마가 혹시라도 한날한시에 돌아가시더라도 내가 올 때까지 기다리고, 절대로 먼저 장사 지내지 마세요."

청의동자(青衣童子) 신선의 시중을 든다는 푸른 옷을 입은 사내아이

고의적삼 여름에 입는 홑바지와 저고리

패랭이 가늘게 쪼갠 대로 만든 갓. 조선 시대에 역졸, 보부상 같은 신분이 낮은 사람이 썼다.

초등필수 단어장

바리데기 **91**

蓮花臺. 부처님이 앉는 연꽃 자리.

양전마마께 하직하고, 여섯 형님께 하직하고

궐문 밖을 내달으니 갈 바를 알지 못할너라.

우여 슬프다, 먼저 죽고 나중 죽은 어느 망자라도

칠공주 뒤를 좇으면은 서방정토 극락세계 후세발원 남자 되여

연화대로 가시는 날이로성이다.

바리공주 아기가 주랑을 한 번 휘둘러 짚으시니 한 천리를 가나이다.

두 번을 휘둘러 짚으시니 두 천리를 가나이다.

세 번을 휘둘러 짚으시니 세 천리를 가나이다.

이 때가 어느 때냐, 춘삼월 호시절이라.

배꽃과 복숭아꽃 이화도화 만발하고 향기로운 풀꽃 흩날리고

노란 꾀꼬리 날아들고 앵무공작 깃 다듬는다.

뻐꾹새는 벗 부르며 서산에 해는 지고, 동쪽 산으로 달이 솟네.

앵무새와 공작새

바리데기가 앉아서 멀리 바라보니 금바위 위에 키 작은 소나무가 덮여 있고 석가세존님이 지장보살님, 아미타불님과 더불어 설법을 하고 있었다.

바리데기는 가까이 다가가 인사를 올렸다.

"네가 사람이냐, 귀신이냐? 날짐승, 길짐승, 온갖 벌레들도 들어오지 못하는 곳에 어떻게 들어왔느냐?"

바리데기가 대답했다.

"저는 국왕의 세자이옵니다. 부모님 구할 약을 찾으러 나왔다가 길을 잃었으니 부처님 은덕으로 길을 인도하옵소서."

92

석가세존님이 말했다.

"국왕에게 일곱 공주가 있다는 말은 들었어도 세자가 있다는 말은 <u>금시초문</u>이다. 국왕이 너를 버렸을 때 내가 너의 목숨을 구했노라. 네가 지금껏 평지 삼천 리를 왔지만 앞으로 가는 길은 <u>험로</u> 삼천 리다. 어찌 가려 하느냐?"

"가다가 죽더라도 가겠습니다."

"라화를 줄 테니 이것을 가지고 가거라. 가다가 큰 바다가 나올 것이니 이것을 흔들도록 해라. 그러면 큰 바다가 육지가 될 것이다."

바리데기는 라화를 받아 들고 또다시 길을 걸었다.

큰 바다가 나오자 바리데기는 석가세존님 말씀대로 라화를 흔들었다. 그러자 팔 없는 귀신, 다리 없는 귀신, 눈 없는 귀신이 나와 들끓었다.

바리데기가 지옥을 지나 신선 세계로 들어가자 무상신선이 우뚝 서 있는데, 키는 하늘에 닿을 듯하고, 얼굴은 쟁반만하고 눈은 등잔만하며, 코는 <u>질병</u> 매달린 것 같고, 손은 솥뚜껑만하고 발은 석 자 세 치나 되었다.

바리공주가 바들바들 떨며 절을 하자 무상신선이 물었다.

"너는 사람이냐, 귀신이냐? 날짐승, 길짐승, 온갖 벌레들도 못 들어오는 곳에 어떻게 들어왔으며 어디에서 왔느냐?"

"저는 국왕의 세자로, 부모님 구할 약을 찾으러 왔습니다."

"그렇다면 물 값을 가지고 왔느냐? 나무 값을 가지고 왔느냐?"

"길이 급해 그만 잊고 왔습니다."

"그렇다면 너는 삼 년 동안 나를 위해 물을 길어 줄 수 있겠느냐? 삼

비단으로 만든 꽃

망자(亡者) 죽은 사람
은덕(恩德) 은혜와 덕
금시초문(今始初聞) 어떤 이야기를 이제야 처음 들음
험로(險路) 험한 길
질병 질흙으로 만든 병

초등필수
단어장

년 동안 나를 위해 불을 때 줄 수 있겠느냐? 삼 년 동안 나를 위해 나무를 베어 줄 수 있겠느냐?"

"부모님을 구할 수만 있다면 모두 하겠습니다."

바리데기는 삼 년 동안 물을 긷고, 삼 년 동안 불을 때고, 삼 년 동안 나무를 베었다. 그렇게 아홉 해가 지난 후 무상신선이 말했다.

"그대가 앞으로 보면 여자의 몸이 되어 보이고, 뒤로 보면 국왕의 몸이 되어 보이니, 그대하고 나하고 백년가약을 맺어 일곱 아들 낳아 주고 가면 어떠하오?"

바리데기가 대답했다.

"그것도 부모님 봉양이면 그리하겠습니다."

신이 된 바리데기

하늘과 땅 온 세상으로 장막 삼고,
등나무로 베개 삼고, 잔디로 요를 삼고,
떼구름으로 차일 삼고, 샛별로 등촉 삼아

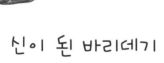

☆ 자연의 만물을 집으로 하여 혼인을 하는 바리데기와 무상신선

초경에 허락하고, 이경에 머무시고,
삼경에, 사경, 오경에 인연 맺고

일곱 아들 낳아 준 후에 아기 하는 말씀이,

부부 정도 중요하지만 부모 봉양 늦어 가네.

초경에 꿈을 꾸니 은바리가 깨어져 보입디다.

이경에 꿈을 꾸니 은수저가 부러져 보입디다.

*바리데기는 부모님에게 일이 생긴 불길한 꿈을 꾸었다.

부모님 한날한시에 승하하신 게 분명하오.

부모 봉양 늦어 가오.

바리데기가 떠나고 싶어 하자 무상신선이 말했다.

"그대가 긷던 물이 약수요, 그것을 가져가오. 그대가 베던 나무가

살살이 뼈살이요, 그것을 가져가오."

*살을 살아나게 하는 것, 뼈를 살아나게 하는 것

바리데기가 기뻐하며 길을 떠나려 하는데 무상신선이 붙잡았다.

"앞바다 물 구경하고 가오."

"물 구경할 시간이 없습니다."

"뒷동산의 꽃 구경하고 가오."

"꽃 구경도 할 시간이 없습니다."

무상신선은 슬퍼하며 말했다.

"전에는 혼자 홀아비로 살아 왔는데, 이제는 여덟 홀아비가 되어 어찌 살겠소? 일곱 아기도 데리고 가시오."

바리데기는 큰 아기는 걷게 하고, 어린 아기는 들쳐 업으며 일곱 아이를 데리고 나갈 채비를 했다.

그러자 무상신선이 물었다.

봉양(奉養) 부모나 조부모와 같은 웃어른을 받들어 모심
차일(遮日) 주로 햇볕을 가리기 위해 치는 포장
등촉(燈燭) 등불과 촛불을 아울러 이르는 말
초경(初更) 하룻밤의 시간을 다섯 부분으로 나누었을 때의 첫째 부분. 저녁 7시에서 9시 사이이다.
이경(二更) 하룻밤의 시간을 다섯 부분으로 나누었을 때의 둘째 부분. 밤 9시부터 11시 사이이다.
채비 어디를 가거나 사람을 맞이하기 위해 필요한 물건을 챙기거나 준비를 함

"나도 그대 뒤를 좇으면 어떠하오?"

"그것도 부모님 봉양이면 그리하겠습니다. 한 몸이 와서 아홉 몸이 돌아가오."

바리데기와 무상신선과 일곱 아이가 궁궐까지 왔는데, 사방에서 곡소리가 들려 왔다.

"아바마마와 어마마마의 상여로구나."

바리데기는 얼른 뛰어가 막아섰다. 바리데기는 약수를 꺼내 왕과 왕비의 입에 흘려 넣고, 약초를 꺼내 왕과 왕비의 살에 문질렀다.

그러자 곧 왕과 왕비는 긴 잠에서 깨어난 듯 눈을 떴다.

바리데기가 말했다.

"저는 무상신선과 혼인하여 일곱 아이를 데리고 왔습니다."

오귀 대왕이 기특해하며 물었다.

"그래, 사위는 어디 있느냐?"

"문이 작아 들어오지 못했습니다."

대왕은 문 아래를 파도록 명령했다.

그리하여 무상신선이 궁궐로 들어오는데 키가 서른석 자나 되었다.

대왕이 바리데기에게 말했다.

"내 너희에게 이 나라의 절반을 주겠노라."

그러나 바리데기는 거절했다.

"그것은 제가 원하는 바가 아닙니다."

대왕이 물었다.

"그럼, 네 소원을 말해 보거라."

"저는 죽은 사람을 저승으로 인도하는 자가 되고 싶습니다."

그리하여 바리데기는 죽음을 관장하는 신이 되고, 일곱 아들은 저승의 대왕이 되었으며, 무상신선은 산신이 되었다. 지금도 바리데기는 죽은 이의 넋을 위로하며 저승으로 가는 길을 안내해 주고 있다고 한다.

알고 나면 더 재밌어요!

바리데기는 여자 홍길동?

딸이라는 이유만으로 부모에게 버림을 받은 바리데기는 신선 세계의 약수를 구해 죽은 부모를 살린다. 부모로부터 버림받았지만 고난을 극복하여 진정한 영웅이 된다는 이야기 구조는 '홍길동전'과 매우 비슷하다. 그러나 홍길동이 자신의 의지로 집을 나와 사회적 모순과 싸우는 데 반해 바리데기는 자신의 의지와 상관없이 버려지고 초월적인 존재에게 구출된다. '홍길동전'이 현실적이고 사회 비판적이라면, '바리데기'는 내세적이고 초월적인 세계관을 보여 주고 있다. 이는 민간에서 굿을 하며 불렀던 노래라는 것과 연관이 있다. '바리데기'에는 '홍길동전'과는 다른 서민들의 애달픈 정서가 담겨 있다.

짧은 글 짓기를 해 보아요

1 하염없이

2 고의적삼

3 금시초문

4 봉양

5 채비

이해력을 길러요

1 바리데기는 부모님을 구하고 자신의 바람을 성취하기까지 수많은 고난을 겪고 그것을 극복합니다. 바리데기가 고난을 겪게 되는 이유는 무엇인가요? 그리고 고난을 극복한 방법과 그 후 성취한 것은 무엇인가요?

고난의 이유	
고난 극복의 방법	
바리데기가 성취한 것	

2 '바리데기'의 뜻이 무엇인지 본문에서 찾아 봅시다.

사고력을 길러 보아요

1 '바리데기'에는 여성의 한 많은 삶이 드러난 구절이 많습니다. 아들을 낳아야 한다는 길대 부인의 부담감과 그것을 이루지 못한 허탈함을 잘 표현해 낸 부분을 본문에서 찾아 보세요.

2 다음은 바리데기와 홍길동의 삶을 비교한 표입니다. 다른 특징을 보이는 항목의 번호를 모두 써 보세요.

바리데기	홍길동	
국왕의 공주로 태어나다	재상 집안의 아들로 태어나다	① 귀한 출생
일곱째 딸로 태어나다	서자로 태어나다	② 출생의 문제
태어나자마자 부모로부터 버림을 받다	초란의 흉계로 생명의 위협을 받다	③ 어린 시절의 고난
석가세존으로부터 구출되다	자객을 죽이고 스스로 집을 떠나 도둑의 무리에 들어가다	④ 고난의 극복
부모를 살릴 약수를 구하며 험한 길을 가다	의적 활동을 하며 나라에 쫓기다	⑤ 또 한 번의 위기
힘든 일을 이겨 내고 약수를 구하다	임금에게 병조 판서 자리를 요구하여 성취하다	⑥ 위기의 극복
부모를 살린 공을 인정받아 무신이 되다	군사를 키워 율도국의 왕이 되다	⑦ 승리

3 '바리데기'와 '홍길동전'이 비슷한 서사 구조를 가지면서도 위와 같은 차이점을 보이는 이 유를 작품의 지은이와 관련하여 설명해 봅시다.

논리력을 길러 보아요

1 바리데기는 딸이라는 이유로 버림받으면서도 지극한 효성으로 고난을 극복합니다. 과거
   여성들의 삶에 대해 생각해 보고 '바리데기'가 서민들에게 널리 사랑받은 이유를 정리해
   봅시다.

2 '바리데기'는 우리나라 전국에 퍼져 있던 굿 노래입니다. 그러나 현대 사회에는 그러한 풍
   습이 단절되었고, 무속에 대한 시각도 달라졌습니다. 우리는 '바리데기'와 같은 무속적인
   예술 작품에 대해 어떤 시각을 갖고 접근해야 할까요? 자신의 의견을 정리하여 써 봅시
   다.

《 두껍전 》

작자미상

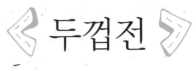

줄거리를 읽어 봐요

　　장 선생이 산속의 온갖 짐승들을 불러 잔치를 여는데, 짐승들이 서로 윗
자리에 앉겠다고 다툽니다. 그러자 토끼가 나이 많은 순서대로 자리를 정하
자고 제안합니다. 노루와 여우가 나서며 자기 나이가 가장 많다고 우기자
구석에 조용히 앉아 있던 두꺼비가 꾀를 내어 노루와 여우를 제치고 가장
윗자리를 차지합니다. 여우는 두꺼비와 지혜를 겨루어 보지만, 매번 두꺼비
보다 한 수 아래입니다. 여우는 씩씩거리고, 모든 짐승들은 흥겹게 잔치를
즐깁니다.

이것만은 꼭 알고 가자!!

　‘두껍전’은 언제 쓰였는지, 누가 썼는지 알려진 것이 없습니다. 다만 두꺼비를 주인공으로 하는 소설을 많은 사람들이 즐겨 읽었고, 그것이 여러 가지 형태로 남아 있을 뿐입니다.

　‘두껍전’은 동물들이 등장하여 이야기를 이끌어 가는 우화 소설입니다. 두꺼비, 여우, 노루, 토끼 등이 자기가 윗자리에 앉겠다며 다툽니다. 산속의 왕인 호랑이는 초대하지도 않습니다. 그리고 나이가 가장 많은 사람이 윗자리에 앉기로 합니다. 얄팍한 지식으로 대들던 여우는 두꺼비의 지혜에 물러납니다.

　동물들이 누가 윗사람인지 다투는 모습은 마치 신분 질서가 흔들리고 있던 조선 후기의 모습을 보는 듯합니다. 그래서 ‘두껍전’에 대해 폭정을 휘두르는 지배자나 지식으로 무장한 양반이 아닌 지혜로운 연장자가 윗사람이 되어야 한다는 서민들의 바람을 담았다고 해석하는 이들이 많습니다.

　그러나 굳이 이러한 의미를 읽어 내지 않더라도, 개성 있는 동물들이 등장하여 서로 말을 주고받으며 지혜를 겨루는 광경을 구경하는 것만으로도 충분히 재미를 느낄 수 있을 것입니다.

두껍전

노루의 생일잔치

하늘까지 높이 치솟은 산속, 겹겹이 둘러싼 봉우리 속에 온갖 짐승들이 살아가는 신비롭고 풍요로운 땅이 있었다.

이 곳에 사는 한 짐승은 빛이 뽀얗고, 주둥이는 뾰족하고, 두 귀는 볼쪽하고, 허리는 길고, 네 발은 쪽발로서, 일어서면 고개를 곤두세우고 뛰기를 잘해 세상 사람들이 노루라고 이름 붙였다.

노루는 산속 짐승들 중에서도 근엄하고 부유하며 복이 가득하여 자손들이 '장(獐 : 노루 장)선생'이라고 이름을 높이고, 다른 짐승들을 불러 모아 잔치를 벌이기로 했다.

맏손자가 장 선생에게 물었다.

"우리 집 잔치에 많은 손님들을 초청하는데 백호 산군(호랑이 임금)을 부르지 않는 나면 반드시 후환이 있을 것입니다. 어떻게 해야 할까요?"

장 선생은 눈을 감고 오래 생각하다 말했다.

"백호 산군은 자기 힘만 믿고 사나워 친구를 모르는 이다. 예전에 네 형을 해치려고 쫓아왔을 때 네 형이 그렇게 잘 뛰지 못했다면 아마 죽었을 것이다. 백호 산군이 잔치에 오면 손님들이 겁을 먹고 잘 놀지 못할 것이니 부르지 않는 것이 좋겠다."

호랑이를 임금이라 부르며 두려워하는 것으로 보아 동물들을 호령하는 지배자라는 느낌을 준다.

잔칫날이 다가오는데 때는 춘삼월로 사방에 배꽃과 복숭아꽃이 만발하고, 왜철쭉과 두견화가 피었으며, 온갖 풀꽃이 무성하여 온 산에 봄기운이 가득했다. 구름으로 차일 삼고, 산으로 병풍 삼고, 잔디로 자리를 삼아 성대한 잔치가 마련됐다.

장 선생은 베옷을 입고 손님들을 기다렸다. 동서남북의 짐승 손님들이 속속 잔치에 도착했다. 뿔 긴 사슴, 요망한 토끼, 열없는 승냥이, 방정맞은 잔나비, 요괴로운 여우, 어롱더롱 두꺼비, 꺼칠한 고슴도치, 빛 좋은 오소리, 만사에 미련한 두더지, 어이없는 수달피 등이 앞서거니 뒤서거니 하며 펄펄 뛰어 문이 메이도록 들어왔다.

산속에 사는 여러 짐승들이 각각 재미있게 묘사되고 있다.

주인은 동쪽 섬돌에서 인사를 하고 손님들은 서쪽 섬돌에 올라 자리에 앉는데, 짐승들이 서로 윗자리를 다투며 자리를 정하지 못하고 우왕좌왕했다. 주인도 어떻게 해야 할지 몰라 난감했다.

본래 대접을 받지 못하던 두꺼비는 떠들썩하고 소란한 무리들 속에서 아무 말도 안 하고 산멱을 벌떡이며 엉금 기어 구석에 엎드리고는 주위를 둘러보고만 있었다.

짐승들의 나이 자랑

이 때 토끼가 깡충 뛰어 나서더니 눈을 깜짝이며 말했다.

"모든 손님은 떠들지 말고 내 말을 잠깐 들어 보시오."

노루가 물었다.

"무슨 말씀이오?"

"조용히 자리를 정하여 예법을 정해야 할 것인데, 이렇듯 요란하기
만 하고 무례하니 이 무슨 소동이오?"

노루는 턱을 끄떡이고 웃으며 대답했다.

"그 말씀이 옳소. 선생이 좋은 도리를 가르쳐 손
님들을 자리에 앉도록 해 보시오."

그러자 토끼가 모든 손님들을 돌아보며 말했다.

"조정에서는 벼슬 높은 사람이 첫째고, 마을에서
는 나이 많은 사람이 첫째라는 말이 있소. 그러니

초등필수
단어장

열없다 성질이 다부지지 못하고 묽다.
어설프고 짜임새가 없다.
잔나비 원숭이
섬돌 한옥에서 마루 아래나 마당에
놓아 디디고 오르내릴 수 있게 한 돌
이나 돌층계
산멱 턱 아래쪽의 목
무례하다 말이나 행동에 예의가 없다.

부질없이 다투지 말고 나이를 따져 자리를 정하도록 합시다."

토끼의 말에 노루가 제일 먼저 나섰다.

노루는 허리를 수그리고 펄쩍 뛰어 나오며,

"내가 나이가 많아 이렇게 허리가 굽었으니 내가 윗자리에 앉는 것이 옳다."

☆ 노루는 자신의 생김새를 가지고
나이가 많다고 주장하고 있다.

하고는 암탉 걸음으로 앙금앙금 기어 윗자리에 앉으려 했다.

여우가 생각했다.

'저 놈이 고작 허리 굽은 것으로 나이 많은 체하며 윗자리에 앉겠다면, 나라고 무슨 꾀를 내어 나이 많은 척 못 하겠나?'

여우는 앞으로 나가 나룻을 쓰다듬으며 말했다.

"내가 나이가 많아서 나룻이 이렇게 세었노라."

그러자 노루가 대꾸했다.

"네 나이가 많다 하니 어느 해에 태어났는가? 호패를 내놓아 보거라."

여우가 꾀를 내어 대답했다.

"내가 어렸을 때 술에 취해서 길을 걷다가 높은 벼슬아치 가시는 길을 가로막았다 하여 호패를 빼앗겼느니라. 하지만 나는 먼 옛날 순임금이 황하 강물을 다스리던 때에 힘이 세다 하여 일을 도우라 하였으니 내 나이가 많지 않겠느냐? 그러는 너는 어느 해에 태어났는고?"

☆ 중국에서 두 번째로 긴 강

노루가 대답했다.

☆ 순임금 시절부터 살아 있었다고 거짓말을 하는 여우. 순임금은 중국 신화 속의 전설적인 왕이다. 실존 인물인지는 확실히 밝혀지지 않았다.

"세상이 생기고 하느님이 하늘에 별을 박을 때, 내가 지혜 있다 하여 나더러 별자리를 정하도록 하였으니 내 나이가 더 많지 않은가?"

106

여우와 노루가 이렇게 자리를 다투고 있을 때 구석에 엎드려 있던 두꺼비가 생각했다.

'저 놈들이 서로 거짓말로 나이 많은 체를 하는 구나. 나라고 거짓말을 못 하겠는가?'

두꺼비는 갑자기 건넛산을 바라보더니 구슬프 게 눈물을 흘렸다. 그것을 본 여우가 꾸짖으며 말했다.

나룻 수염
호패(號牌) 조선 시대에 16세 이상의 남자가 신분을 증명하기 위해 차고 다니던, 나무나 뿔로 만든 패
고양나무 한국, 중국 등지에 분포하며 마을 부근에 많이 자라는 감나무과 나무
가랫장부 가래의 자루와 넓죽한 바닥. 가래는 흙을 파헤치거나 떠서 던지는 농기구이다.

"저 요사스러운 놈이 무슨 시름이 있다고 남의 잔치에 와서 흉한 꼴 을 보이는 게냐?"

두꺼비가 대답했다.

"저 건너 고양나무를 바라보니 저절로 마음이 아프구나."

여우가 물었다.

"고양나무의 갈라진 틈이 네 고조할아비가 나오던 구멍이냐? 어찌 슬퍼하느냐?"

☆ 여우는 작고 못생긴 두꺼비를 우습게 여기고 있다.

두꺼비가 정색하며 대답했다.

"네 주둥이만 살아 어른을 모르고 함부로 말하는구나. 너는 귀가 있 거든 내가 슬퍼하는 이유를 잘 들어 보거라. 내가 어렸을 적에 저 곳에 나무 세 그루를 심었는데, 한 그루는 맏아들이 별 박는 방망이로 쓰기 위해 베어 내고, 한 그루는 둘째 아들이 황하 강물을 다스릴 때 가랫장 부 하느라 베어 냈다. 나무를 베어 낸 탓에 땅신의 노여움을 받아 두 아 들이 죽고 저 나무 한 그루와 내 목숨만 살아남았는데, 내 그 때 죽고만 싶었지만 타고난 수명을 어쩔 수 없어 이 때까지 살아 있다가 오늘 저 나무를 다시 보니 슬픈 마음이 저절로 일어나는구나."

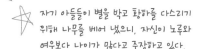 자기 아들들이 별을 박고 황하를 다스리기 위해 나무를 베어 냈으니, 자신이 노루와 여우보다 나이가 많다고 주장하고 있다.

여우가 말했다.

"그게 정말이라면 우리 중에 나이가 제일 많다는 말이오?"

두꺼비가 대답했다.

"네가 아무리 미련한 짐승이라 해도 생각이 있을 것이니 따져 보아라. 네 고조할아버지의 고조할아버지뻘이 넘을 것이다."

토끼가 이 말을 듣고 꿇어앉아 두꺼비에게 여쭈었다.

"그렇다면 두껍 존장이 윗자리에 앉으십시오."

두꺼비는 짐짓 사양하며,

"그렇지 않다. 나보다 더 나이 많은 이가 있다면 윗자리에 앉아야 할 것이니 사람들에게 물어보라."

하고 물러났다. 손님들은,

"우리는 하늘에 별 박고 황하 다스린단 말은 들어 보지도 못했으니 다시 물을 것도 없습니다."

라고 공손하게 대답했다.

그러자 두꺼비는 펄쩍 뛰어 윗자리에 올라앉았다. 그 다음에는 여우가 앉고 차차 자리를 정하여 모든 짐승들이 앉아 잔치를 시작했다.

여우의 하늘 구경

두꺼비에게 윗자리를 빼앗긴 여우는 화가 나 씩씩거렸다.

"존장이 춘추가 많다면 분명 여기저기 구경을 많이 다녔겠지요. 어디 어디를 가 보셨습니까?"

두꺼비가 대답했다.

"내가 구경한 것은 헤아릴 수 없을 정도이나 너는 구경을 얼마나 하였는가? 먼저 말해 보거라."

그러자 여우가 흠흠 헛기침을 하며 여행담을 길게 늘어놓았다.

"중국의 방방곡곡을 다 본 후에 조선으로 들어가니 강산도 절묘하고 경치도 으뜸입니다. 송도를 지나 한양을 바라보니 산은 아름답고 지세가 웅장하여 볼 만했습니다. 동으로 금강산과 서로 구월산과 남으로 지리산과 북으로 향산과 백두산을 두루 본 후 동해를 건너뛰어 일본까지 다녀왔으니 사해 팔방 안 가 본 곳이 없는 셈이지요.

그래, 존장은 얼마나 구경했습니까?"

두꺼비는 눈을 꿈쩍이며 조용히 대답했다. ☆ 우리 민족의 시조인 환웅과 단군의 이야기이다.

"네 구경은 많이도 하였다마는 풍경만 보고 왔구나. 무릇 세상 모든 만물이 다 근본이 있는 것이라, 그 근본을 다 안 후에야 구경이 헛되지 않은 법. 어른이 이르거든 젊은 소년들은 잘 들어 두어라. 조선은 본래 경장도 태백산 향나무 아래 하늘님이 내려와 백성을 다스리기 시작했으니, 그 예법과 문화가 찬란하게 빛났느니라. 후에 경주 땅에 신인이 태어나 박, 석, 김 세 성씨가 왕이 되어 나라를 다스리니 지금까지도 성군이라 칭송받는다. 또한 금강산은 천하의 명산이라 제일로 기묘한 곳이니라. 그 근본을 다 알아야 하거늘 네가 구경 많이 한 척 자랑하니 우스울 뿐이구나. 그야말로 두더지 수박 겉을 핥는 것과 같고, 하룻망아지 서울 다녀온 격이로다."

☆ 태어난 지 하루밖에 되지 않은 망아지

☆ 신라를 세운 박혁거세와 그 이후 왕들을 가리킨다.

여우는 할 말을 잃고 자리에 가 앉으며 말했다.

"그러면 존장은 하늘도 구경해 보셨습니까?"

두꺼비가 대답했다.

"너는 하늘을 구경해 보았는가?"

여우가 대답했다.

"나는 하늘 구경한 지 오래되지 않았습니다. 지난해 삼월 초하루에 가 보았으니까요."

두꺼비가 대답했다.

"그렇다면 구경한 것을 자세히 말해 보거라."

여우는 진짜 하늘 구경을 한 척 콧살을 쫑그리며 이야기를 풀어 놓기

110

시작했다.

은하수를 사이에 두고 만나지 못하는 견우와 직녀를 위해 까마귀와 까치가 칠석 날마다 자신들의 몸으로 놓아 줄 다리

"내가 하늘에 올라가 두루 구경하고 다니다가 은하수 다리에 이르렀는데 그 이름은 오작교라 하지요. 세상에서 구경할 수 없는 온갖 풀과 나무, 신비로운 꽃들이 가득한 곳에 청학, 백학, 기린, 공작, 봉황, 비취

모두 신선의 세계에 산다는 상상 속의 동물들

가 이리 펄쩍 저리 펄쩍 노닐더군요. 그 곳에서는 신선들이 구름 속에 밭을 갈고 불로초를 심고 있었습니다. 은하수 한 가닥이 벽을 두르고 수정으로 집을 지은 궁궐이 있어 들어가 보니 그 안에서 한 여인이 비단을 짜고 있는데, 바로 직녀성이었습니다. '인간 세상에 돌아가 선녀님을 뵙고 온 것을 자랑할 증표가 없습니다.'라고 여쭈니 나에게 베틀을 괴었던 돌을 집어 건네주었지요. 그것을 받아 가지고 나오다가 보니 구름 속에 밝은 빛이 나고 찬 기운이 영롱하여 다가가 보았습니다. 그 곳에는 커다란 집이 있고 그 앞에 큰 계수나무가 한 그루 서 있었는데, 가지는 수천 가지에 잎은 만 잎새였습니다. 그 옆에 옥토끼가 절구질을 하여 불사약을 빻고 있더군요. 월궁을 지나쳐 구경하며 가자 구슬로 못을 파고 백옥으로 집을 짓고 운무 병풍을 가린 곳이 나왔는데, 바로 서왕모가 사는

西王母. 불사약을 가지고 있다는 선녀.

연못이었습니다. 그 아래 복숭아나무 한 그루가 있고 파랑새가 쌍쌍이 날며 춤을 추고 있었지요. 복숭아나무를 올려다보니 삼천 년에 한번 열린다는 반도가 열려 있었습니다. 하나를 따 먹고 싶었지만 예전에 서왕모의 복숭아를 훔쳐 먹었다가 인간 세상으로 귀양 가 삼천 살을 살다 갔다는 동방삭을 생각하니, 일개 짐승

중국의 유명한 옛 문인인 동방삭이 서왕모의 복숭아를 훔쳐 먹어 장수했다는 이야기가 전해진다.

신인(神人) 신과 같이 신령하고 숭고한 사람
초하루 그 달의 첫째 날
콧살 기분이 나쁘거나 아파서 코를 찡그릴 때 주름이 생기는 부분
기린(騏驎) 하루에 천 리를 달린다는 말
봉황(鳳凰) 전설에 나오는 신비로운 새로, 생김새는 닭과 뱀과 용을 합친 것 같으며 오색의 깃털이 달렸다고 한다.
불로초(不老草) 먹으면 늙지 않는다고 하는 상상 속의 풀
불사약(不死藥) 먹으면 죽지 아니하고 오래 살 수 있다는 약
운무(雲霧) 구름과 안개를 아울러 이르는 말
반도(蟠桃) 삼천 년마다 한 번씩 열매가 열린다는 신선의 복숭아

'카노푸스'라고도 불리는 별이다. 동양에서는 잘 보이지 않아 이 별을 보면 오래 산다는 이야기가 있고, 인간의 수명을 관장하는 별이라 여겨졌다.

인 내가 그것을 훔쳤다가는 삼천 년 귀양은 바랄 수도 없고 그저 죽음만 있을 것 같아 그만두었습니다. 마고할미에게 술 한잔 사 먹고 나서 남극노인성을 보러 갔더니 백발노인이 앉아 서책에 글을 적어 넣고 있었습니다. 그 곳은 세상 사람들의 수명과 부귀를 관장하는 곳이었지요. 하늘 구경을 마치고 돌아오는 길, 깊은 산속 나무 우거진 곳에 초가집 한 채가 있었는데, 다리가 아파 쉬어 갈까 하여 들어가 보니 한 노인이 있었습니다. 노인의 부인이 평생 베를 짜다 병을 얻었다고 하기에 직녀가 준 베틀 괴었던 돌을 약으로 쓰라고 내주었지요. 부인은 병이 나았지만, 여러분에게 하늘 갔다 온 증거를 보여 줄 수 없어 안타깝군요."

우리나라의 전설 속에 나오는, 세상을 창조했다는 거대한 여신. 마고할미가 커다란 몸을 움직일 때마다 산과 강과 바다가 만들어졌다고 한다.

두꺼비는 허허 웃으며 대꾸했다.

"내가 남극노인성과 바둑을 두고 있을 때를 말하는 것이로구나. 바둑을 둔 후 깜박 잠이 들었는데 문밖에서 소리가 들려 잠을 깨우기에 동자에게 물어보니, '밖에 색깔이 누렇고, 입이 뾰족하고, 도둑개같이 생긴 짐승이 똥밭에 왔습니다.' 하더구나. 동자에게 긴 장대로 쫓으라고 했는데, 그것이 너였던가 싶다. 네가 온 줄 알았더라면 천일주 먹고 싼 똥덩이라도 먹여 보냈을 것을."

이야기를 듣고 있던 짐승들이 모두 박장대소했다.

알고 나면 더 재밌어요!

두꺼비가 응수하는 방법
두꺼비는 여우에게 먼저 말을 시킨 후, 그것을 조롱하고 논박하는 방법을 반복하고 있다. 두꺼비가 하는 말도 허무맹랑하지만 소설 속에서 여우를 꼼짝 못하게 하기에는 충분하다.

두꺼비에게 진 여우

간사한 말로 온갖 거짓을 꾸며 두꺼비를 놀리려다 도리어 욕을 본 여우는 어찌할 줄을 모르고 그저 꾹꾹 화를 참고만 있었다. 그러다가 두꺼비를 골려 줄 좋은 생각이 떠올랐다.

"내가 어렸을 때 우스운 것을 본 적이 있습니다."

두꺼비가 물었다.

"무엇을 보았는가?"

여우가 대답했다.

"한 못가를 지나고 있었는데 큰 뱀이 개구리를 물고 길에 나왔지요. 내가 깜짝 놀라서 물러서는데 그 개구리가 외쳤습니다. '여우 할아버님, 불쌍한 손주를 살려 주십시오. 우리 얼삼촌 이름이 두꺼비인데, 그 놈을 좀 불러 주십시오. 그 놈은 본래 음흉하고 수단이 좋아 묘한 꾀를 낼 수도 있고, 뱀을 상대하는 방법을 알고 있으니 나를 살릴 수 있을 것입니다.' 내가 칼을 빼어 그 뱀을 치려 하는데 마침 사냥하던 사람들이 다가와 미처 그 뱀을 처치하지 못하고 왔지요. 그 때 내가 두껍 존장이 개구리와 친척 사이인 것을 알았습니다."

두꺼비는 위협에 빠지면 몸에서 독을 내뿜는다.

두꺼비가 웃으며 응대했다.

"빙충맞은 소리구나. 보리밥 먹은 헛방귀 소리로다. 나는 원래 가까운 친척이 없고 다만 사촌동생이 달나라 월궁에 가 있을 뿐, 개구리와는 아무런 관계가 아니니라. 네가 보았다던 사냥꾼은 아마도 맹상

오드필수 단어장

천일주(千日酒) 빚은 지 천 일 만에 마시도록 담근 좋은 술
얼삼촌(孼三寸) 할아버지의 첩에게서 난 삼촌
빙충맞다 똑똑하지 못하고 어리석으며 수줍음을 타는 데가 있다.

★ 맹상군은 중국 전국 시대의 정치가로, 재산을 털어 수많은 식객을 거느린 것으로 유명하다. 여우 겨드랑이의 흰 털 부분 가죽으로 만든 값비싼 갖옷을 가지고 진나라 왕을 만나러 간 일화가 있다.

군이었을 것이다. 맹상군은 여우 삼천 마리를 잡아 그 가죽으로 갖옷을 지었으니, 그 때 네 증조할아비가 다 죽임을 당했다. 이번에도 맹상군이 너의 족속을 마저 잡으려 했던 모양인데, 만일 그 때 네가 잡혔다면 맹상군의 갖옷이 될 뻔했구나."

여우는 이 말을 듣고 분을 참지 못하고 아무 말도 하지 못하며 입맛만 쯧쯧 다셨다.

여우는 또 한 번 두꺼비를 망신시킬 꾀를 내었다.

"존장이 두루 아는 것이 많으시니, 그렇다면 천문지리와 병법과 의학도 아십니까?"

두꺼비가 눈을 꿈적이며 하늘 위 별들이 움직이는 이치와 땅 위 만물이 생성된 이치를 죽 읊으니 짐승들이 모두 숨을 죽이고 귀를 기울였다.

* 부자유친: 父子有親. 부모자식 간에는 친함이 있어야 한다.
* 군신유의: 君臣有義. 임금과 신하 사이에는 의리가 있어야 한다.
* 부부유별: 夫婦有別. 부부 사이에는 분별이 있어야 한다.
* 장유유서: 長幼有序. 나이 많은 사람과 어린 사람 사이에는 질서가 있어야 한다.
* 붕우유신: 朋友有信. 친구 사이에는 믿음이 있어야 한다.

五倫. 유교에서 가르치는 다섯 가지의 기본적인 윤리.

두꺼비가 이어서 인간이 지켜야 할 다섯 가지 도리를 외자 여우는 말문이 턱 막혔다.

"오륜을 모르면 금수와 다르겠느냐. 오륜은 부자유친, 군신유의, 부부유별, 장유유서, 붕우유신이라. 이 중에서도 부모 섬기는 법은 모든 행실의 근원이니, 부모의 은혜는 끝이 없는 것이다."

여우는 문득 병술년 괴질에 여읜 부모님 생각에 눈물이 찔끔 났다.

두꺼비는 내친 김에 여우를 더욱 몰아세웠다.

옛 중국의 유명한 악녀로, 잔인한 형벌을 즐기고 왕에게 악행을 부추겨 나라를 멸망에 이르게 했다고 한다. 실존 인물인지는 확실치 않다. 후세의 소설에서 달기가 구미호였다는 내용이 추가되었다.

"우나라 임금의 딸 달기가 은나라로 시집가는 길에, 꼬리 아홉 달린 여우가 방으로 들어와 달기를 죽이고 그 때부터 달기 행세를 하며 사람을 무수히 죽였느니라. 강태공이 병법을 배운 후 문왕의 장수가 되어 은나라를 멸망시킬 때 달기를 잡아 죽였더니 구미호로 변하더라. 너희 종족은 예로부터 간악하고 요괴로운 꾀로 사람을 죽이고 나라를 망하게 했던 것을 네가 아느냐, 모르느냐?"

옛 중국의 정치가. 강에서 낚시를 하던 중에 왕을 만나 능력을 인정받고 재상이 되었다고 한다.

잔치를 마치고 집으로 돌아가는 짐승들

여우는 아무 말도 못 하고 얼굴빛이 활활 타올랐다.

두꺼비는 계속 말을 이었다.

"의학을 아느냐 했느냐? 지금 네 얼굴을 보니 양

> 갖옷 짐승의 털가죽으로 안을 댄 옷
> 금수(禽獸) 날짐승과 길짐승이라는 뜻으로, 모든 짐승을 이르는 말
> 괴질(怪疾) 원인을 알 수 없는 이상한 병
> 여의다 죽어서 떠나보내다.

초등필수 단어장

쪽 광대뼈가 불그스름한 것이 뱃속에 병이 들었구나.”

여우가 대답했다.

“어려서부터 배앓이로 고생했으나 지금껏 고치지 못했습니다. 그렇다면 존장이 약을 써 고쳐 주십시오.”

두꺼비가 말했다.

“파두 세 개를 먹으면 설사가 날 것이고, 흰죽을 달여 한 그릇 먹으면 병이 나아 다시 발병하지 않을 것이다.”

여우는 또다시 두꺼비의 재주를 시험해 보았다.

“존장이 천지만물을 모두 통하고 모르는 것이 없으니, 그렇다면 혹시 글도 아십니까?”

“미련한 짐승아, 글을 못 하면 어찌 천지의 이치를 이렇게 꿰뚫고 있겠는가?”

그러자 여우가,

“그렇다면 풍월을 읊어 보시지요.”

하자 두꺼비는 부채로 책상을 탁 치며 크게 읊었다.

“솟는 달을 맞아 강변에 그린 듯 섰으니, 높은 다락집은 안개 속에 잠겼도다. 여럿이 모인 이 자리에 대장부가 나밖에 또 있으랴.”

심술이 난 여우는 두꺼비를 조롱하며 물었다.

“과연 존장은 문학에 조예가 깊습니다. 그런데 존장의 껍질은 어찌 그리 두툴두툴하십니까?”

☆ 말과 지식으로는 이길 수 없게 되자 여우는 두꺼비의 외모를 가지고 조롱하기 시작한다.

두꺼비가 대답했다.

“젊을 적에 많은 여인네들이 나를 좇았느니라. 그 때 다른 이 몸에서

옴이 올라 그렇다."

여우가 또 물었다.

"눈은 왜 그렇게 누렇습니까?"

"보은 현감으로 갔을 적에 대추 찰떡과 고욤을 많이 먹었더니 몸에

열이 나 노란 것이니라."

★ 여우의 말에 응대하며 자신이 전에 높은
벼슬에 있었다고 은근히 자랑하고 있다.

여우가 또 물었다.

"그러면 등이 구부정하고 목이 움츠러든 것은 무슨 이유입니까?"

"평양 감사로 갔을 때 술에 취해 난간 아래로 떨어지며 이리 되었

노라."

여우는 또 물었다.

"턱 밑은 왜 벌떡벌떡하십니까?"

두꺼비가 여우를 꾸짖었다.

"네 놈이 어른을 몰라보고 말을 함부로 하니 분을 참느라 그러하니라!"

여우는 더 이상 할 말이 없어 얼굴을 붉히며 물러나 앉았다.

두꺼비가 장 선생을 돌아보며 말했다.

"말이 많아 즐거운 잔치를 어지럽혔구려. 모두
술에 취하고 날이 저물려 하니 이제 함께 음악을 들
으며 남은 잔치를 즐기도록 하십시다."

장 선생은 악공에게 명하여 노래를 연주하게 하
고 짐승들은 모두 함께 남은 술잔을 돌리며 잔치가
끝나 가는 것을 아쉬워했다.

모든 짐승이 주인에게 인사하고 제각각 집을 향

파두(巴豆) 배가 더부룩하거나 변비
가 있을 때 쓰는 약재
풍월(風月) 맑은 바람과 밝은 달을 대
상으로 시를 지으며 흥을 즐기는 것
조예(造詣) 학문이나 예술에 대한 지
식 또는 그것을 이해하는 능력
옴 옴벌레의 기생으로 생기는 전염성
피부병
현감(縣監) 조선 시대 마을의 수령
고욤 고욤나무의 열매. 감보다 작고
맛이 달면서 좀 떫다.
악공(樂工) 음악을 연주하는 사람

해 뛰어가고, 장 선생 가족은 동구 밖에 나와 손님들을 배웅했다.

"주인이 넉넉지 못해 손님을 잘 대접하지 못했습니다. 부디 서운해 마시고 평안히 돌아가십시오."

여러 손님들은 즐거운 기분에 취해 뿔뿔이 흩어졌다.

동구(洞口) 마을로 들어가는 입구

짧은 글 짓기를 해 보아요

1 열없다

2 무례하다

3 나룻

4 짐짓

5 춘추

이해력을 길러요

1 '두껍전'에는 개성 있는 동물들이 등장합니다. 동물들의 행동을 보며 각각 어떤 특성을 갖고 있는지 정리해 봅시다.

장 선생	산속의 동물들로부터 존경받는 명망 높은 존재
백호 산군	
토끼	동물들에게 나이 순서로 자리를 정하자고 제안하는 것으로 보아, 똑똑하고 지혜가 있는 자이다.
여우	
두꺼비	

2 두꺼비는 어떻게 하여 가장 윗자리에 앉게 되었나요? 그 과정을 정리해 보세요.

논술실력을
키워봐요

사고력을 길러 보아요

1   다음 구절에 드러나는 당시 민중들의 속마음은 무엇인지 정리하여 써 봅시다.

· "백호 산군은 자기 힘만 믿고 사나워 친구를 모르는 이다. (…) 백호 산군이 잔치에 오면
   손님들이 겁을 먹고 잘 놀지 못할 것이니 부르지 않는 것이 좋겠다."
· "조정에서는 벼슬 높은 사람이 첫째고, 마을에서는 나이 많은 사람이 첫째라는 말이 있소.
   그러니 부질없이 다투지 말고 나이를 따져 자리를 정하도록 합시다."

2   이 이야기는 두꺼비와 여우가 서로 지식과 입담을 겨루는 것으로 이야기가 진행됩니다.
   여우가 매번 두꺼비에게 지는 이유는 무엇인가요? 두꺼비가 어떤 방법으로 대화를 이끌
   고 있는지 생각해 봅시다.

논리력을 길러 보아요

1   두꺼비는 행동이 느리고 겉모습이 초라하지만 실은 지혜가 풍부한 사람을 상징합니다. 여
   우는 종종 두꺼비의 외모를 비하하고 있지요. 그런데 지금 사회에도 여우와 같은 행동을
   보이는 이들이 많습니다. '두껍전'을 통해 이를 비판하는 글을 써 봅시다.

2   두꺼비는 초라하지만 지혜가 풍부한 늙은이, 여우는 짧은 지식을 자랑하며 우쭐대는 젊은
   이를 표현한다고 볼 수도 있습니다. '두껍전'의 주제를 깊이 생각해 본 후, 노인을 경시하
   는 사회에 대해 비판하는 글을 써 봅시다.

구운몽

김만중 지음

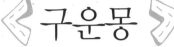

교과서에도 있어요.

고등 국어 상 [두산동아, 천재교육]
고등 국어 하 [디딤돌, 해냄]
고등 문학 II [천재문화]

줄거리를 읽어 봐요

　　스님인 성진은 육관대사의 심부름으로 용궁에 다녀오다가 다리 위에 앉아 쉬는 여덟 선녀를 만납니다. 성진은 선녀들의 아름다움에 취해 자신의 처지를 한탄하다가 육관대사의 노여움을 받아 절에서 쫓겨나고, 인간 세상에 다시 태어나는 벌을 받습니다. 그는 과거를 보아 벼슬에 오르고, 전쟁에 나가 큰 공을 세우며 세상에 이름을 떨칩니다. 그리고 여덟 명의 여인을 만나 진실한 사랑을 나누고 행복한 삶을 살아갑니다. 나이가 들어 관직에서 물러난 후 한가로운 시간을 보내다가 문득 잠에서 깨어나 보니 모든 것이 꿈이었습니다. 성진은 깨달음을 얻고 육관대사의 뒤를 이어 큰스님이 됩니다.

☆ 九: 아홉 구, 雲: 구름 운, 夢: 꿈 몽
'아홉 사람의 구름 같은 꿈'

'구운몽(九雲夢)'은 조선 시대의 문신인 김만중이 유배 생활 중에 쓴 한글 소설입니다. 김만중이 어머니를 위로하기 위해 썼다고 합니다. 김만중은 한글로 쓴 문학만이 참다운 우리 문학이라고 주장했으며, '구운몽' 외에도 '사씨남정기'라는 한글 소설을 썼습니다.

'구운몽'은 주인공이 현실 세계에서 꿈의 세계로, 그리고 다시 현실 세계로 돌아오는 구조입니다. 주인공은 현실에서도, 꿈에서도 자신의 삶에 대해 갈등하는 모습을 보여 줍니다. 그리고 꿈에서 깨어나며 결국 깨달음을 얻습니다.

김만중은 과거에 장원 급제하여 벼슬길에 올랐으나 당쟁에 휘말려 몇 차례 파직과 유배를 당했으며, 마지막 유배 중에 생을 마감했습니다. '구운몽'에서 주인공들이 결국 불교에 귀의하는 것은 이러한 작가의 삶과 무관하지 않습니다.

'구운몽'은 심오한 주제와 탄탄한 구성, 유려한 문체로 인해 우리 고전 소설의 백미로 평가받는 작품입니다.

구운몽

여덟 선녀를 만난 성진

중국에서 예로부터 신령스러운 산으로 여긴 다섯 개의 산 중 하나

618년에 세워진 중국의 옛 나라 인도의 옛 이름

당나라 시절에 천축국에서 온 한 대사가 형산 연화봉 아래에 암자를 짓고 제자들을 가르쳤다. 사람들은 살아 있는 부처가 세상에 나왔다며 그를 칭송했다. 그는 육관대사라고 불렸으며 따르는 제자가 몇 백에 이르렀다.

육관대사의 명성이 높아 가자 근처 호수인 동정호에 살고 있던 용왕이 흰 옷 입은 노인의 모습으로 강의를 들으러 왔다. 육관대사는 용왕에게 감사 인사를 드려야겠다고 생각하고, 어느 날 제자들을 불러 모아 말했다.

"용왕이 여러 번 나의 강의를 들으러 왔으나 내가 아직 답례를 하지 못했다. 나는 늙고 병들어 움직이기 불편하니, 누가 나를 대신하여 용왕에게 인사를 드리고 오너라."

초등피수 단어자

암자(庵子) 승려가 임시로 살면서 도를 닦는 집

"제가 다녀오겠습니다."

육관대사가 매우 아끼는 제자 성진이 용궁에 다녀오겠다며 나섰다. 성진은 학문에 능통하고 매우 총명한 젊은 스님으로, 육관대사가 훗날 자신의 뒤를 이을 것이라 기대하며 총애하는 제자였다.

성진이 용왕을 찾아가 육관대사의 인사를 전하자 용왕은 매우 기뻐하며 술을 따라 권했다. 용왕의 청을 거절할 수 없었던 성진은 술을 석 잔 마시고 용궁을 나와 연화봉으로 돌아왔다. 그러나 그 때까지도 술기운이 가시지 않아 얼굴이 붉게 달아오른 성진은 스승에게 꾸지람을 듣게 될까 걱정되어 냇가로 가서 세수를 했다.

성진은 웃옷을 벗고 손으로 물을 떠서 얼굴을 적셨다. 그런데 그 때 기이한 향기가 바람에 묻어 와 성진의 코를 찔렀다. 지금껏 맡아 보지 못한 신비로운 향기였다.

성진은 참으로 이상한 일이라고 생각하며 다시 옷을 입고 물을 따라 걸었다. 그런데 얼마 안 가 돌다리 위에 여덟 선녀가 앉아 있는 것이 보였다.

성진은 여덟 선녀에게로 다가가 말했다.

"저는 육관대사의 제자로, 스승님의 명을 받아 용궁에 갔다 오는 길입니다. 이 좁은 다리 위에 낭자들께서 앉아 계시니 제가 갈 길이 없습니다. 잠깐 옮겨 앉아 길을 빌려 주십시오."

그러자 여덟 선녀가 대답했다.

"저희들은 선녀 위부인을 모시는 시녀들입니다. 위부인의 명을 받아 육관대사께 인사를 드리고 돌아가는 길에 잠깐 쉬고 있는 중입니

다. 예기에 '남자는 왼편으로 가고, 여자는 오른편으로 간다.' 했습니
다. 저희들이 먼저 와서 앉게 되었으니 다른 길을 찾아서 가셨으면 합
니다."

"물은 깊고 다른 길은 없으니 어디로 가라 하십니까?"

성진이 묻자 선녀들이 대답했다.

"옛날 달마존자라는 대사는 갈잎을 타고 큰 바다를 건넜다고 합니
다. 스님이 육관대사의 제자라면 신통한 도술을 쓸 수 있겠지요. 어찌
이런 작은 물을 건너지 못해 아녀자와 길을 다투십니까?"

그러자 성진은 하하 웃으며 대답했다.

"낭자들의 말을 들어 보니 길을 빌려 주는 데 값을 받겠다는 것이군
요. 저는 가난한 중이라 가지고 있는 보화는 없고, 대신 여덟 개의 구슬
을 드리겠습니다."

성진은 복숭아꽃 한 가지를 꺾어 선녀들 앞에 던졌다. 그러자 꽃이
여덟 개의 구슬로 변해 반짝거렸다.

선녀들은 그제야 일어나며,

"과연 육관대사의 제자입니다."

하고는 각각 구슬을 하나씩 집어 들고 웃으면서 바람을 타고 공중으로
날아갔다.

한참 지나자 주위를 뒤덮고 있던 구름과 향기가 사라졌다. 그러나 성
진은 마음을 진정할 수 없어 무엇에 홀린 듯 터덜터덜 암자로 돌아왔다.

방으로 돌아와 누운 성진은 잠을 이룰 수가 없었다. 여덟 선녀의 목
소리가 귀에 들리는 듯하고, 여덟 선녀의 얼굴이 눈앞에 아른거렸다.

☆ 선녀들에게 마음을 빼앗겨 마음을 진정하지 못하는 성진

☆ '공맹'은 공자와 맹자, '요순'은 중국 신화 속의 성군인 요임금과 순임금을 말한다. 학문을 갈고 닦아 훌륭한 임금을 섬기는 것이 대장부의 길이라는 말로, 유교적인 생각이 담겨 있다.

그렇게 뒤척이며 잠들지 못하던 성진은 문득 자신의 처지가 서글프게 느껴졌다.

'어려서는 공맹의 글을 읽고 자라서는 요순 같은 임금을 만나 장수가 되고 정승이 되어 그 이름을 널리 떨치는 것이 대장부의 일이거늘, 우리 불가에서는 한 바리 밥과 한 병 물에, 두어 권의 경문과 백팔 개의 염주뿐이구나. 높은 도를 이룬다 하나 적막하기가 이루 말할 수 없구나.'

이런 생각으로 밤이 깊었는데, 눈을 감으면 여덟 선녀가 앞에 앉아 있는 듯하고 눈을 떠 보면 아무도 없었다.

☆ 세속적인 즐거움을 경계하고 깨달음을 위해 정진해야 하는 자신의 처지에 회의를 느끼고 있다.

그러나 본래 성실한 제자인 성진은 마음을 가라앉히며 뉘우쳤다. 성진은 꿇어앉아 염주를 굴리며 마음을 가다듬으려 했다. 그런데 그 때 창밖에서 성진을 급하게 부르는 소리가 들렸다.

"사형, 주무십니까? 스승님께서 부르십니다."

성진은 깜짝 놀랐다.

'이 밤중에 나를 부르시다니, 분명 무슨 일이 생겼구나.'

성진이 동자를 따라 방장으로 가 보니 육관대사가 모든 제자를 거느리고 자리에 앉아 있고 촛불이 대낮처럼 밝았다.

대사는 매우 화가 나 있었다.

"성진아, 네 죄를 아느냐? 너는 용궁에 가서 술을 마시고, 돌다리 위에서 여덟 선녀와 함께 말장난을 하며 꽃을 꺾어 주었다. 그리고 돌아와서는 미색을 그리워하여 세상의 부귀를 부러워하고 불가의 적막함을 한탄하였다. 불법 공부의 중요

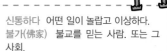

초등필수
단어장

신통하다 어떤 일이 놀랍고 이상하다.
불가(佛家) 불교를 믿는 사람. 또는 그 사회.
바리 아가리가 좁고 뚜껑이 있는 밥그릇
염주(念珠) 염불할 때 손가락으로 한 알씩 넘기며 횟수를 세는 데 쓰는 것으로, 108개의 구슬을 한 줄에 둥글게 꿴 모양이다.
방장(方丈) 높은 스님이 거처하는 장소
미색(美色) 여자의 아리따운 용모

구운몽 127

한 행실을 모두 무너뜨렸으니 더 이상 이 곳에 머물 수 없겠다."

대사는 이렇게 말한 후 황건역사를 불러 성진을 데려가도록 명령했다.

"이 죄인을 데리고 지옥으로 가서 염라대왕께 내주고 오너라."

성진이 눈물만 흘리며 꼼짝도 하지 않으려 하자 대사는 성진을 위로하며 말했다.

"마음이 깨끗하지 않으면 산중에 있어도 도를 이루기 어렵고, 근본을 잊지 않으면 속세에 있어도 돌아올 길이 있는 법이다. 네가 만일 돌아오려 한다면 내가 너를 데려올 것이니 염려하지 말고 가거라."

성진은 할 수 없이 불상과 육관대사 앞에 절을 하고 여러 동료들과 이별한 후 황건역사를 따라 길을 나섰다.

염라대왕 앞에 도착한 성진이 무릎을 꿇고 앉아 처분을 기다리는데, 황건역사가 여덟 명의 죄인을 끌고 왔다. 성진이 고개를 들어 보니 자신이 만났던 여덟 명의 선녀였다. 염라대왕은 저승사자 아홉 명을 불러 은밀하게 명령을 내렸다.

그러자 갑자기 거센 바람이 불어와 성진과 여덟 선녀를 감싸 공중으로 날려 보냈다. 그들은 바람에 쓸려 사방으로 흩어졌다.

바람에 실려 저승사자를 따라가던 성진은 얼마 후 바람이 그치며 발이 땅에 닿는 것을 느꼈다. 성진이 정신을 차리고 둘러보니 울창한 산과 맑은 시냇물이 있는 작은 마을이었다.

저승사자는 성진을 데리고 어느 집 문 앞으로 갔다.

"여기는 양 처사의 집이다. 너는 전생의 인연으로 이 집의 자식이 되었으니, 때를 놓치지 말고 지금 빨

초등필수
단어장

황건역사(黃巾力士) 상상 속의 신으로, 무력을 관장하는 장수 신
속세(俗世) 불교에서, 욕심과 미움과 다툼으로 가득한 현실의 세상을 이르는 말

128

리 들어가도록 해라."

　성진이 들어가 보니 양 처사는 약을 달이고 있었고, 부인은 방에서 신음하고 있었다. 저승사자가 방으로 들어가라고 재촉했지만 성진은 머뭇거렸다. 그러자 저승사자가 뒤에서 성진의 등을 떠밀었다. 성진은 앞으로 고꾸라지며 갑자기 정신이 아득해졌다. 놀란 성진은 소리를 질렀다.

　"나 살려! 나 살려!"

　그러나 소리는 목구멍에서 말이 되어 나오지 않고 대신 아기 울음소리가 튀어나왔다.

"응애! 응애!"

양 처사는 우렁찬 아이의 울음소리를 듣고 매우 기뻐했다.

성진은 그 이후로 배고프면 울고 젖을 주면 먹으며 무럭무럭 자랐다. 처음에는 전생의 기억이 남아 줄곧 연화봉을 그리워하는 마음이 있었지만, 점점 자라나 부모의 정을 알게 되면서 기억은 점점 아득해지고 결국 아무것도 생각나지 않게 되었다.

양 처사는 아이의 이름을 소유라고 지었다. 본래 산속의 신선이었던 양 처사는 소유가 열 살이 되던 해에 산으로 들어가 다시는 돌아오지 않았다.

채봉과의 언약

소유는 무럭무럭 자라 아름다운 얼굴에 문무를 겸비한 훌륭한 청년이 되었다. 소유는 가난한 집안 형편을 생각해, 빨리 과거에 급제하여 벼슬길에 올라야겠다고 마음먹었다.

소유는 어머니께 하직 인사를 올리고 집을 나섰다. 며칠을 가니 서울이 가까워 오는데 과거 날까지는 아직 여러 날이 남아 있었다. 소유는 남은 시간 동안 산천을 찾아다니며 구경을 해 보자고 생각했다.

멀리 버드나무 수풀이 푸르게 우거지고 그 사이로 작은 집이 언뜻언뜻 비쳤다. 소유는 아름다운 풍경에 이끌려 나귀를 몰아 버드나무 쪽으로 향했다. 버들가지가 길게 드리워져 마치 실이 바람에 나부끼는 듯했다.

깊이 감동한 소유는 한 편의 시를 지어 **읊조렸다.** 그러자 갑자기 위에서 창을 열며 한 여인이 밖을 내다보았다. 순간 소유는 여인과 눈이 마주쳤다.

구름 같은 머리카락에 옥비녀를 한 여인은 봄잠에 취해 있는 듯한 모습이었다. 소유는 난생 처음 본 아름다운 모습에 가슴이 두근거렸다.

그 때 마침 소유를 따라온 심부름꾼 아이가 저녁을 드시라며 소유를 불렀다. 그 소리에 여인은 창문을 닫고 안으로 들어가 버렸다.

여인의 이름은 진채봉으로, 어머니를 일찍 여의고 홀로 아버지를 모시고 살고 있었다. 소유를 만났을 때 채봉은 혼자 집에 있다가 봄기운에 살짝 잠이 들어 있었다.

채봉은 옥같이 아름다운 선비의 모습을 보고 한눈에 마음을 **빼앗겼다.** 채봉은 깊이 생각하다 선비의 시에 화답하는 시를 지어 보내기로 결심했다. 채봉은 유모를 시켜 자신이 쓴 시를 선비에게 전하도록 했다.

객점에서 소유를 찾은 유모는 자초지종을 설명하며 편지를 건넸다. 소유는 자신이 보았던 아름다운 여인이 전해 준 편지라는 것을 알고 매우 기뻤다. 소유와 채봉은 그 날 밤 내내 편지를 주고받으며 날이 밝는 대로 만나 아버지 앞에서 혼인을 언약하기로 했다. 마음이 들떠 잠자리에 든 소유는 삼월의 밤이 야속할 정도로 길게 느껴졌다.

새벽녘이 되었을 때 갑자기 밖에서 웅성거리는 소리가 들렸다. 밖으로 나가 보니 군사들이 길에 어지럽고 사방에서 피난 가는 사람들의 울음소리가 들려오고

초등필수
단어장

문무(文武) 학식과 무예
읊조리다 시나 시조를 노래하
듯이 낮은 목소리로 계속하여
읊다.

있었다.

　소유는 급히 사람들을 붙잡고 물어보았다. 서울에서 반란이 일어나 왕이 궁궐에서 피신하고, 군사들이 마구 돌아다니며 징병을 해 간다고 했다. 소유는 재빨리 산속으로 몸을 피했다.

　산속 깊숙이 들어가던 소유는 초가집 한 채를 발견했다. 사방에 흰 구름이 자욱하고 맑은 학 울음소리가 들려오는 곳이었다. 소유가 의아하게 생각하며 초가집으로 들어서니 그 곳에는 한 도인이 조용히 앉아 있었다.

　도인이 물었다.

　"혹시 양 처사의 아들이냐? 얼굴이 매우 닮았구나."

　뜻밖에 아버지 이야기를 듣자 소유는 자기도 모르게 눈물이 솟았다.

　"너의 아버지는 나와 바둑을 두고 떠났다. 아버지는 편안하게 잘 있으니 슬퍼하지 마라. 오늘은 여기서 자고 내일 떠나도록 해라."

　소유는 자신을 거두어 주는 도인에게 감사 인사를 하며 옆으로 가 앉았다.

　도인이 벽 위에 걸려 있는 거문고를 가리키며 말했다.

　"이것을 탈 수 있겠느냐?"

　소유는 도인 앞에서 정성껏 거문고를 연주해 보였다. 그러자 도인은 웃으며,

　"허허, 재주가 있으니 가르칠 만하겠구나."

하며 여러 곡을 연주해 소유에게 들려주었다. 세상에서 들어 보지 못한 신비로운 곡이었다. 그러나 소유는 음악을 좋아하고 본래 총명하기 때

문에 금세 따라 할 수 있었다.

도인은 기뻐하며 이번에는 퉁소를 연주해 소유
에게 들려주었다. 도인은 금방 익혀서 따라 부는
소유가 기특하여 자신의 거문고와 퉁소를 소유에
게 선물했다.

★ 소유가 신선에게 거문고와 퉁소 연주를 전수
받고 신비로운 악기를 얻게 된 과정

다음 날, 날이 채 밝기도 전에 도인이 소유를 깨워 내려보내는
데 소유가 문득 돌아보니 초가집은 보이지 않았다.

소유가 산에서 내려와 보니 이미 계절이 바뀌어 국화가 만
발한 가을이었다. 그 사이에 역적은 모두 잡혀들었고, 과
거는 다음 해 봄으로 연기되어 있었다.

★ 도인과 함께 있던 사이에 속세에서는 반년의 시간이 흐
른 것. 신선 세계에서 놀다 오니 매우 오랜 세월이 흘러
있더라는 이야기는 동양 곳곳에 전해 내려온다.

초드필수
단어장

자욱하다 연기나 안개 등이 잔뜩 끼어
흐릿하다.
의아하다 뜻밖이어서 이상하고 의심스
럽다.
퉁소 앞쪽에 구멍이 다섯 개, 뒤쪽에 구
멍이 한 개 있는 대나무로 만든 관악기

소유는 채봉을 찾아 보았다. 그러나 채봉의 아버지
가 역적이 내린 벼슬을 받았다가 형벌로 죽고, 채봉은
잡혀가 궁녀가 되었다는 소식만 전해 들을 수 있었다.

두 번째 과거 길

다음 해 봄이 되자 소유는 다시 과거를 보기 위해 집을 떠났다. 소유
는 지난 과거에서 미처 가 보지 못한 낙양에 들러 그 곳의 경치를 둘러
보고 싶었다. 낙양은 듣던 바와 같이 매우 번화하고 화려했다.

누각에서 한 무리의 선비들이 즐겁게 술을 마시고 기생들이 풍악을
올리고 있었다. 소유는 나귀에서 내려 누각 위로 올라가 보았다. 소유
를 발견한 선비들이 말을 건넸다.

"행색을 보니 과거를 보러 가는 길인 듯한데, 우리 잔치에 참석하지
않겠소?"

소유는 선비들과 함께 자리에 앉아 주위를 둘러보았다. 기생들은 모
두 제각각 화려하게 차려입고 춤을 추며 노래를 부르고 있었다. 다만
한 기생만이 조용히 앉아 있었는데, 그 앞에는 종이 더미가 수북이 쌓
여 있었다.

선비들이 말했다.

"이 곳 낙양은 인재가 모인 곳으로, 예로부터 장원이나 그 다음 자리
는 낙양 사람들이 독차지해 왔소. 저 기생의 이름은 계섬월인데, 글을

섬월은 그 해의 장원 급제자를 맞힐 정도로 문장에 뛰어난 기생이다.

보는 눈이 마치 신령과 같소. 낙양 선비들의 글을 보고 마음에 드는 것이 있으면 노래로 만들어 부른다오. 섬월이 선비들의 당락을 맞히는 데 틀린 적이 없어 우리는 모두 섬월에게 글을 보낸 것이오. 게다가 섬월이 선택한 글의 임자는 오늘 밤 섬월의 집으로 가 꽃다운 인연을 맺기로 했다오. 함께 겨뤄 보지 않겠소?"

소유가 어려 보여, 그들은 내심 소유를 얕잡아 보고 있었다. 소유는 빈 종이에 붓을 날려 시 하나를 지어 섬월에게 보였다. 섬월은 그것을 잠자코 읽어 보더니 곧 맑은 목소리로 음을 붙여 크게 낭송했다.

섬월이 자신들의 시를 제쳐 놓고 소유의 글을 선택하자 선비들은 깜짝 놀랐다. 그러나 이제 와서 약속을 어길 수도 없는 노릇이었다. 그들이 당황하는 모습을 보고 소유는 자리에서 일어나며 말했다.

"우연히 여러분의 잔치에 함께하게 되어 기뻤습니다. 그러나 저는 길이 바쁘니 이만 돌아가겠습니다."

그리고 소유가 누각을 내려와 막 나귀를 타려고 하는데 섬월이 급하게 따라 나와 소유에게 말했다.

"다리 남쪽에 앵두꽃이 만발한 집이 있습니다. 먼저 가서 기다리십시오."

그 날 저녁 소유가 섬월의 집을 찾아가자 섬월은 소유를 반갑게 맞아 주었다. 섬월은 아름다운 노래를 부르며 소유에게 술을 권했다. 소유는 섬월의 아름다운 태도와 부드러운 정에 마음을 빼앗기고 말았다.

그러나 기생의 신분으로 소유와 혼인할 수 없었던

초등필수
단어장

장원(壯元) 과거 시험에서 첫째로 합격하는 것
당락(當落) 시험에 붙고 떨어짐
노릇 바람직하지 못하거나 뜻밖에 벌어진 '일'이나 '현상'을 이르는 말

알고 나면
더 재밌어요!

소유의 두 번째 사랑, 계섬월

소유는 두 번째 과거 길에서 문장에 능하고 노래를 잘하는 기생 섬월을 만나 인연을 맺는다. 여기서는 생략하였지만, '구운몽' 원문에서 섬월은 소유에게 전국 각지의 뛰어난 여인들을 천거하고, 후에는 재능 있는 기생들을 모아 가르친다. 이 소설 속에서 섬월은 예능을 상징하는 인물이라 할 수 있다.

섬월은 소유에게 어진 부인을 만날 것을 권했다. 이미 섬월을 사랑하게 된 소유는 거절하였으나 섬월은 계속하여 당부했다.

"저는 언제까지나 낭군을 따르겠습니다. 어진 부인을 만난 후에도 저를 잊지 말고 함께하도록 해 주십시오. 들어 보니 정 사도의 딸 정경패 낭자가 용모와 성품이 천하에서 제일이라고 합니다. 그러니 서울에 가거든 꼭 찾아보십시오."

다음 날, 두 사람은 훗날을 약속하고 눈물을 흘리며 헤어졌다.

여자로 분장한 소유

드디어 서울에 도착한 소유는 집을 떠날 때 어머니가 당부한 대로 어머니의 외사촌 누이 두련사를 찾아갔다. 어머니는 두련사에게 편지를 통해 소유의 혼처를 알아봐 달라는 부탁을 해 둔 터였다.

두련사가 소유의 짝으로 생각한 처자는 공교롭게도 섬월이 이야기한 정 사도의 딸이었다. 도대체 어떤 처자이기에 이리도 명성이 자자한지 궁금했던 소유는 꼭 한 번 그 여인을 만나 보고 싶었다. 그러나 바깥출입을 하지 않는 명문가의 딸을 만나기란 쉽지 않은 일이었다.

두련사는 한 가지 꾀를 내었다. 정 사도의 부인이 음악 듣는 것을 좋아하니, 여자인 척하고 거문고 타는 재주를 보여 주어 그것이 부인의 귀

에까지 들어간다면, 분명 집으로 초대받을 수 있을
것이라는 얘기였다.

로드필수
단어장

자자하다 소문이나 이야깃거리가 여
러 사람의 입에 오르내려 떠들썩하다.
전갈(傳喝) 사람을 시켜서 전하는 말
그윽하다 느낌이 잔잔하고 은근하다.

드디어 기회가 찾아와, 어느 날 정 사도 댁에서
거문고 타는 이를 초대한다는 전갈을 보내 왔다. 소유는 아름다운 여인
으로 변장하고 정 사도의 집으로 향했다.

소유는 정 사도의 부인과 그 딸 앞에서 도인이 준 거문고를 연주하
기 시작했다. 음악을 좋아하는 부인과 경패는 소유의 연주에 매우 기뻐
했다. 음악에 능통한 경패는 소유가 한 곡조를 연주할 때마다 어머니께
곡에 대한 설명을 했다.

여덟 곡조가 끝나고 나서 소유는 마지막으로 거문고를 튕겼다. 곡조
가 그윽하고 기운을 흥분시키는 음악이었다. 뜰 앞의 꽃들이 봉오리를

소유의 세 번째 사랑,
정경패

소유는 친척 어른이 자신의 짝으로 점찍은 경패를 보기 위해 여장을 하고 정 사도의 집으로 찾아간다. 경패는 바깥출입을 자제하는 귀한 댁의 처자이다. 재주 많고 아름다우며 정숙한 여인을 보여 주고 있다.

열고, 제비와 꾀꼬리는 쌍으로 춤을 췄다. 그 때까지 푸른 눈썹을 내리깔고 있던 경패가 소유를 두어 번 쳐다보더니 옥 같은 보조개에 붉은 기운이 올라왔다.

경패는 몸을 일으켜 급히 안으로 들어갔다. 소유는 당황했다. 경패가 자신의 정체를 눈치 챘을지도 모른다는 생각에 더는 그 곳에 앉아 있을 수 없었다.

경패는 하루 종일 방에서 나오지 않았다. 시녀 춘운이 경패의 방으로 들어가 안색을 살폈다. 춘운은 경패의 시녀이지만, 한시도 떨어지지 않는 친구 같은 사이였다.

"아가씨, 거문고 타는 여인은 집으로 돌아갔어요. 몸은 괜찮으세요? 왜 음악을 듣다 말고 들어오셨어요?"

경패는 얼굴을 붉히며 대답했다.

"내가 바깥출입을 자제하며 몸가짐을 바르게 해 왔던 것은 네가 잘 알 거야. 그런데 오늘 간사한 사람에게 속아 반나절을 희롱당했으니, 부끄러워서 어떻게 얼굴을 들고 다닐지 모르겠어."

춘운은 깜짝 놀랐다.

"그게 무슨 말씀이세요?"

"아까 왔던 여인은 얼굴도 빼어나고, 연주도 훌륭하지만, 다만……."

"다만 무엇입니까?"

가난한 총각 사마상여가 거문고 연주로 과부 탁문군을 유혹하여 사랑을 얻었다는 중국의 유명한 이야기가 있다.

"그는 마지막으로 새 소리를 연주했는데, 그것은 사마상여가 탁문군을 유혹하던 봉구황(鳳求凰)이라는 곡이었어. 그 때서야 자세히 살펴보니 그의 용모와 몸가짐이 여자가 아니었어. 분명 간사한 사람이 나의

138

소문을 듣고 엿보려고 변장해서 들어온 것이 틀림없어."

춘운이 말했다.

"그가 남자라면, 얼굴이 아름답고 호방하며 음악에도 능하니, 참으로 사마상여에 뒤지지 않는 인물이 아니겠어요?"

"만약 사마상여라 하더라도 나는 탁문군이 되지는 않을 거야."

경패는 단호하게 말했다.

자신은 탁문군처럼 거문고 연주에 흔들려
마음을 주지는 않겠다는 뜻

그로부터 얼마 후, 정 사도가 부인에게 과거 급제자의 명단을 보여 주며 말했다.

"우리 아이의 혼처를 찾아 보았소. 이번에 장원 급제한 회남 사람 양소유는 나이 열여섯에 글 짓는 재주가 출중하고 용모도 빼어나다고 하오. 이 사람을 내 사위로 삼으면 어떨까 하오."

귀신과의 사랑

소유가 장원 급제하고 한림학사의 벼슬을 받자 여기저기서 사위를 삼겠다며 구혼해 왔지만, 소유는 모두 거절하고 정 사도의 집을 찾아가 청혼했다.

정 사도 부인은 흐뭇한 표정으로 경패를 보며 말했다.

"아버지께서 너의 혼처를 정하셨다. 나는 아주 기쁘구나."

초등필수
단어장

반나절 낮 동안의 반 정도 되는 시간
호방하다 의기가 장하여 작은 일에 거리낌이 없다.
출중하다 여러 사람 가운데서 뛰어나다.

경패가 침착하게 물었다.

"시녀의 말을 들으니, 그 선비의 얼굴이 거문고 타던 여인과 비슷하다는데, 정말 그런가요?"

"정말 그렇더구나. 그 여인의 얼굴이 너무나 아름다워 기억하고 있다. 그러니 그의 용모가 어떤지 짐작할 수 있겠느냐?"

"그의 용모가 출중하다고 하나, 저는 꺼려지는 것이 있습니다."

부인은 깜짝 놀랐다.

"서로 본 적도 없을 터인데 꺼려질 것이 무엇이 있단 말이냐?"

"부끄러워서 차마 말씀 못 드렸는데, 전에 왔던 그 거문고 타던 여인은 그 사람이 변장한 것이었습니다."

부인이 너무 놀라 말을 잇지 못하는데 마침 정 사도가 소유를 돌려보낸 후 방으로 들어왔다.

"오늘 훌륭한 사위를 얻으니 내 기쁨을 말로 표현할 수가 없구나."

그러자 부인이 말했다.

"아이의 뜻은 우리와 다른 듯합니다."

부인이 그 이유를 설명하자 정 사도는 오히려 더욱 기뻐하며 껄껄 웃었다.

"참으로 풍류를 아는 인물이로다! 이는 재주 있고 정 많은 사람의 자상함이라. 또, 너는 그가 여자인 줄 알고 만난 것이니 탁문군이 문 안에서 엿본 것과는 다르지 않느냐? 네가 수치스러워할 일이 무엇이 있겠느냐?"

경패가 대답했다.

"저는 부끄러울 일이 없으나, 다만 그렇게 속았다는 것이 괘씸합니다."

정 사도는 크게 웃었다.

"하하! 그것은 나에게 이야기해도 소용없겠구나. 나중에 그에게 직접 따져 보거라."

소유와 경패의 혼사는 빠르게 진행되어 정 사도는 소유를 사위로 대접하고, 소유도 정 사도를 장인으로 모시며 따랐다. 그러나 경패는 혼인을 하기 전에 소유에게 속은 괘씸함을 꼭 갚아 주어야겠다며 벼르고 있었다. 경패는 묘책을 생각해 내고 사촌인 정십삼과 춘운에게 의논했다.

어느 날, 십삼이 소유를 찾아와 말했다.

"형님, 성 남쪽 멀지 않은 곳에 풍경이 빼어난 곳이 있으니 함께 가 봅시다."

십삼과 소유가 맑은 시냇물을 끼고 솔숲을 헤치고 들어가자 무릉도원의 경치가 펼쳐졌다.

"여기서 더 가면 괴이한 땅이 있다고 합니다. 달 밝은 밤이면 신선들의 음악 소리가 난다고 하는데 저도 아직 가 보지 못했습니다. 오늘 함께 가 볼까요?"

소유는 원래 신비로운 일을 좋아하여 아무 말 없이 십삼을 따라갔다. 그런데 십삼은 갑자기 급한 일이 생겼다는 전갈을 받아 소유를 남겨 놓고 먼저 집으로 돌아갔다.

소유는 흐르는 물을 따라 더 깊이 들어갔다. 어느새 해는 기울고 달이 떠올랐다. 소유가 산을 돌아 조금 더 걸어가 보니 멀리 집 한 채가 보였다. 소유는 그 곳으로 다가가 보았다.

꺼려지다 사물이나 일 따위가 자신에게 해가 될까 하여 피하거나 싫어하게 되다.
풍류(風流) 멋스럽고 풍치가 있는 일
벼르다 어떤 일을 하려고 미리 단단히 마음먹고 기회를 기다리다.
묘책(妙策) 어려운 문제를 해결할 수 있는 아주 좋은 꾀
무릉도원(武陵桃源) 인간 세상이 아닌 듯이 이상적이고 아름다운 곳을 이르는 말

집으로 들어서니 한 여인이 복숭아꽃 아래에 서 있다가 소유를 돌아 보고 정중하게 인사했다.

"어찌 이렇게 늦게 오셨습니까?"

소유는 당황했다.

"저는 속세의 사람이고 선녀와 기약한 적이 없는데, 선녀께서 늦게 온 것을 나무라니 어찌된 일입니까?"

여인이 대답했다.

"낭군은 전생에 신선이었는데, 신선의 과일로 저를 희롱하다 옥황상 제의 노여움을 받아 인간 세상에 떨어지고, 저는 이 곳에 귀양 왔습니 다. 이제 기한이 다 되어 인간 세상에 계신 낭군을 한번 만나 뵙고 돌아 가려 했습니다. 저는 낭군이 오늘 오실 줄 알고 있었습니다."

소유는 선녀의 말을 조금도 의심하지 않았다. 신비로운 달밤과 복숭 아꽃 향기, 그리고 선녀가 내오는 음식들은 정말 인간 세상의 것이라고 는 생각되지 않았다. 전생의 인연을 만난 기쁨에 가슴속에서는 깊은 정 이 샘솟았다.

날이 밝아 오자 그들은 서로에게 이별의 시를 건네주고 아쉬운 작별 을 했다. 다음 날 소유가 다시 그 집으로 찾아가 보니 그 곳에는 아무도 없었다. 소유는 영원히 끊어진 인연에 서운한 마음을 가눌 수 없었다.

며칠 후, 십삼이 다시 소유를 찾아와 소풍을 가자고 권했다. 십삼은 오래된 무덤이 있는 언덕 옆에 자리를 잡고 앉았다.

"저것은 장여랑의 무덤입니다. 살았을 때는 절세미인이었으나 스무 살에 죽어 불쌍히 여긴 사람들이 무덤가에 꽃을 심어 주었지요. 우리도 무덤에 술을 부어 여랑의 넋을 위로합시다."

본래 마음이 다정한 소유는 십상을 따라 무덤가로 가서 외로운 넋을 위로하며 조용히 시를 지어 읊었다. 그 때 십삼이 무덤의 무너진 구멍 속에서 비단 한 조각을 꺼내며 말했다.

"누군가 시를 지어 여랑의 무덤에 넣었군요."

소유가 살펴보니 자신이 지난 밤 선녀와 헤어지며 적어 준 시였다. 자신이 만났던 선녀가 실은 처녀 귀신이었음을 알게 된 소유는 순간 모골이 송연했다.

그러나 소유의 마음속에는 또다시 그 날의 신비롭고도 다정한 시간들이 되살아났다.

'당신은 죽은 사람이고 나는 산 사람이나 어찌 흐르는 정을 막을 수 있겠는가? 비록 귀신이라 해도 다시 만날 수 있기를 바라오.'

마치 소유의 바람을 알기라도 한 듯 장여랑의 귀신은 그 후로 매일 밤 소유를 찾아왔다. 소유는 해가 기울고 달이 떠오르면 언제나 여랑의 귀신을 기다렸다.

그러던 어느 날, 십삼이 관상 보는 사람을 데려왔다. 그는 소유의 얼굴을 자세히 살피더니 이렇게 말했다.

"양 선생은 벼슬이 정승에 오르고, 이름이 천하를 울릴 것이며, 사방 오랑캐를 평정할 관상입니다. 그러나 단 한 가지, 비명횡사를 당할 액운이 있습니다. 푸른빛이 눈썹 사이를 꿰뚫고 있고, 사악한 기운이 두 눈 밑에 침범했으니, 혹시

초등필수
단어장

기약하다 때를 정하여 약속하다.
기한(期限) 미리 약속하여 정해 놓은 시기
가누다 몸을 바른 자세로 가지다. 또는,
마음이나 정신을 가다듬어 차리다.
모골(毛骨) 털과 뼈를 아울러 이르는 말
송연하다 두려워 몸을 옹송그릴 정도로
오싹 소름이 끼치는 듯하다.
비명횡사(非命橫死) 뜻밖의 사고나 재난
등으로 죽음
액운(厄運) 불행한 일을 당할 운수

수상한 자를 집 안에 두고 계신 것은 아닌지요?"

소유는 여랑을 말하는 것이라고 짐작했으나 모른 척하며 대답했다.

"그런 일은 없소."

"그럼 혹시 꿈속에서 귀신과 만나는 것은 아닙니까?"

"그런 일도 없소."

"여자 귀신의 기운이 몸에 들었으니, 그것이 사흘 후 뼛속까지 들어가면 돌이킬 수 없을 것입니다. 그 때 가서 저를 원망하지 마십시오."

관상 보는 사람은 자기가 알 바 아니라는 듯 이렇게 말하며 집으로 돌아갔다.

그 날 밤도 소유는 여랑의 귀신이 오기를 기다렸다. 그러나 이상하게도 밤새 아무런 기척이 없었다. 할 수 없이 잠자리에 들려는데 창밖에서 여랑의 울음소리가 들렸다.

"낭군이 머리에 부적을 감추고 있으니 가까이 갈 수가 없습니다. 낭군의 뜻이 아닌 줄은 알지만, 이 또한 인연이 다한 것이겠지요. 안녕히 계십시오. 이제 영원히 이별입니다."

소유가 놀라서 일어나 문을 열어 보니 밖에는 아무도 없었다. 소유는 이상하게 생각하고 자신의 머리를 만져 보았다. 그러자 상투 사이에 무엇이 만져졌다. 꺼내 보니 붉은 글씨로 쓴 부적이었다. 십삼과 함께 술을 마실 때 그가 몰래 넣어 둔 듯했다.

며칠 후 정 사도와 부인이 함께 식사를 하자며 소유를 불렀다. 정 사도는 소유의 안색을 살피더니 걱정스러운 듯 말했다.

"어찌 몸이 그리 초췌해졌소?"

이번에는 부인이 말했다.

"요즘 뜰에서 어떤 여자와 이야기를 나눈다던데, 그 말이 사실이오?"

옆에서 십삼도 거들며 자신이 보았다고 하자, 소유는 더 이상 숨길 수 없어 사실대로 여랑의 일을 이야기했다.

그러자 정 사도는 허허 웃으며 말했다.

"내가 젊었을 적에 도사를 만나 귀신을 부릴 줄 안다오. 사위를 위해 장여랑의 영혼을 불러 주리다."

그리고 정 사도는 파리채를 집어 들더니 옆의 병풍을 탁 하고 쳤다.

"장여랑은 어디 있느냐?"

그러자 병풍 뒤에서 한 여인이 나타나 웃음을 머금고 부인의 뒤에 가서 서는 것이었다. 소유가 보니 분명 여랑이었다. 소유가 놀라서 아무 말도 못 하다가 한참 만에,

"사람이냐, 귀신이냐? 어찌 귀신이 대낮에 보이는가?"

라고 말하자 정 사도와 부인은 웃음을 참지 못하고, 십삼은 너무 웃다가 쓰러져서 일어나지 못했다.

정 사도가 겨우 웃음을 참고 설명했다.

"이제 사실대로 말해 주겠소. 이 아이는 신선도 아니고, 귀신도 아니오. 우리 집에서 거둔 춘운이라는 아이지요. 우리가 사위에게 보내 모시도록 하였으나, 조카가 중간에서 장난을 친 듯하오."

십삼이 웃으며 말했다.

"내가 양 형을 놀리기는 했지만, 계교를 낸 사람은 따로 있으니 나를 원망하지 마십시오."

초췌하다 병이나 근심이 있어 얼굴에 생기가 없고 야위고 해쓱하다.
계교(計巧) 이리저리 생각하여 짜낸 꾀

소유의 네 번째 사랑, 가춘운
여기서는 생략되었지만 '구운몽' 원문에는, 경패가 시녀 춘운을 소유의 첩으로 데려가기로 결심하고 춘운의 의견을 묻는 장면이 나온다. 여자 스스로 남자에게 첩을 두게 하는 것이 현대의 관점에서는 이해하기 어렵지만, 소설 속에서 이는 여인들 사이에 서로의 재주를 아끼는 우정으로 표현되고 있다. 춘운은 따뜻하고 부드러운 여성으로 등장한다.

소유가 말했다.

"누가 저를 속인다는 말입니까?"

십삼이 말했다.

" '너에게서 말미암은 것은 너에게로 돌아온다.' 하였으니, 스스로 생각해 보십시오. 이전에 누군가를 속인 적이 없습니까? 남자가 여자가 되는데, 사람이 귀신이 되는 것이 뭐가 이상하겠습니까?"

소유는 문득 이전에 경패를 속인 일이 생각났다. 소유는 부인에게 거문고 타는 여인으로 변장했던 일을 고백했다.

남장을 한 경홍

소유는 혼인을 위해 고향에 가서 어머니를 모셔 오려 했으나, 나라 형편이 여러 가지로 어려웠다. 지방에서 세력을 키운 관리들이 나라를 배반하고 스스로 왕을 칭하고 있었다. 그 중 두 나라는 항복하였으나 연나라가 굽히려 하지 않자 소유는 그 곳에 사신으로 가서 설득하는 임무를 맡게 되었다.

소유가 이끄는 사신 행렬은 그 위용이 대단해, 지나가는 곳마다 행렬이 길을 가득 메우고 사람들이 양옆으로 물러났다. 소유는 연나라 왕 앞에 나아가 황제의 위엄과 덕을 보여 주며 조리 있게 설득했다. 그 말이 도도하고 물결을 뒤집는 듯하자 연나라 왕은 마음으로 항복하고 말

았다. 연나라 왕은 즉시 왕이라는 칭호를 거두고
황제에게 충성하기로 약속했다.

소유는 연나라에서 돌아오는 길에 적백란이라는
소년을 만나 길동무로 삼았다. 사신 행차에 한 소
년이 말을 내려 길을 비켜서는 것을 보고, 소유는
한눈에 그 말이 평범한 말이 아니며 소년도 평범한
인물이 아님을 알아보았다. 소유는 사람을 시켜 소년을 불러오게 했다.
이야기를 나눠 보니 소유와 백란은 오래 알아 온 친구를 만난 듯 마음
이 통했다.

그들은 고삐를 나란히 하며 서로 길벗을 삼았다. 백란과 동행하게 되
자 소유는 집으로 돌아가는 먼 길이 조금도 힘들게 느껴지지 않았다.

돌아오는 길에 낙양 땅에 들어서게 된 소유는 헤어진 섬월의 생각
에 마음이 괴로웠다. 소유가 옛일을 생각하고 정을 이기지 못하는데,
객점의 누각 위에서 한 여인이 주렴을 걷으며 난간에 기대어 이 쪽을
바라보았다. 섬월임을 알아본 소유는 기쁜 마음에 객점을 향해 말을

달렸다.

섬월도 달려 내려와 소유를 맞았다. 섬월은 소유의 소식을 들은 후 그 곳에서 줄곧 소유를 기다리고 있었다. 처음 만났을 때는 한낱 과거를 보러 가는 선비였으나 이제 벼슬을 하고 나라에 큰 공을 세운 후 다시 만나게 되니, 두 사람의 기쁨은 두 배가 되었다.

그러던 어느 날, 심부름꾼 아이가 소유에게 다가와 은밀하게 말했다.

"소인이 우연히 보니, 적 도령이 섬월 낭자와 희롱하고 있었습니다. 그를 멀리하심이 옳을 듯합니다."

소유는 조금도 의심하는 마음이 없었으나, 심부름꾼 아이가 소유를 끌고 가 백란과 섬월이 함께 있는 것을 보여 주었다. 그들은 낮은 담을 사이에 두고 정답게 손을 잡은 채 담소를 나누고 있었다. 소유가 다가가자 백란은 깜짝 놀라 달아나 버렸다.

소유는 자신의 의심으로 친구를 잃게 된 것이 마음에 걸렸다. 그러나 백란을 사방으로 찾아 보아도 어디로 갔는지 알 수 없었다.

'옛날 초나라 장왕은 갓끈을 떼어 내 신하의 죄를 감추었거늘, 나는 분명하지도 않은 일을 살피다가 아름다운 선비를 잃었으니, 내 누구를 탓하겠는가?'

그 날 밤, 소유는 섬월과 함께 촛불 아래서 옛 이야기를 주고받다가 잠이 들었다. 아침 해가 창으로 들어오자 소유는 잠에서 깨어나 주위를 둘러보았다. 섬월은 이미 일어나 몸단장을 하고 있었다.

절영지연(絕纓之宴)
'갓끈을 끊고 즐기는 연회'라는 뜻의 고사성어. 장왕이 신하들을 불러 잔치를 여는데 바람이 불어 촛불이 꺼지자 장왕의 애첩이 비명을 지르며 "누군가 나의 몸을 만져, 그의 갓끈을 잡아 떼었으니 확인해 보십시오"라고 말한다. 그러자 장왕이 불을 켜기 전에 모든 신하들에게 갓끈을 떼어 내게 하여 죄를 덮어 주었다고 한다.

소유는 자리에서 일어나 섬월에게 말을 걸려다가 깜짝 놀라고 말았다. 용모가 섬월과 매우 비슷하지만 자세히 보니 섬월이 아닌 다른 여인이었던 것이다.

"당신은 누굽니까?"

여인은 침착한 목소리로 대답했다.

"저는 적경홍이라고 하며, 섬월의 친구입니다."

소유는 문득 그가 백란과 닮았다는 생각이 들었다.

"혹시 적백란이 낭자의 형제입니까?"

그러자 경홍은,

"저는 형제가 없습니다."

라고 대답했다.

그제야 소유는 깨닫고 하하 웃었다.

"적백란이 낭자였구려. 어찌하여 남장을 하고 나를 속였소?"

경홍은 자신의 사연을 털어놓았다.

"저는 본래 기생인데, 연나라 왕이 저의 소문을 듣고 궁궐에 불러들였으나 저는 궁궐에서의 화려한 삶을 원하지 않았습니다. 새장에 갇힌 새와 같이 괴로워하던 중에 왕이 상공을 불러 잔치를 베푸는 것을 우연히 엿보게 되었습니다. 상공이 떠나신 후 왕의 천리마를 훔쳐 상공을 좇았습니다. 앞으로 섬월과 함께 상공을 따르기를 원합니다."

소유는 경홍의 대범함에 놀랐다. 잃어버린 줄만 알았던 친구가 되돌아온 기쁨도 매우 컸다.

소유는 두 여인과 훗날을 기약하고 낙양을 떠나 서울로 향했다. 큰 공을 제우고 서울로 돌아온 소유에게 황제는 예부상서의 벼슬을 내렸다.

⭐ 소유는 나라에 공을 세워 더욱 높은 벼슬을 받으며 승승장구하고 있다. 성진이 원했던 입신양명하는 삶을 살고 있는 것이다.

퉁소가 맺어 준 인연

어느 날 밤, 소유가 황제의 부름을 받고 궁에 갔다가 돌아오는 길에 둥근 달이 떠올라 사방을 밝게 비쳤다. 소유는 누각으로 올라가 난간에 기대어 고즈넉이 달빛을 바라보았다.

그 때 문득 바람결에 어렴풋이 퉁소 소리가 실려 오는데, 귀를 기울여 보아도 희미하게 들려오는 그 소리로는 무슨 곡조인지 알 수 없었다.

⭐ 도인에게 받은 퉁소이다. 소유는 이를 평생 간직하며 꺼내 불곤 한다.

소유는 퉁소를 꺼내 두어 곡조를 불어 보았다. 맑은 소리가 하늘로 퍼져 마치 봉황이 우는 듯했다. 그 소리에 청학 한 쌍이 대궐에 내려와 춤을 췄다. 궁궐의 사람들은 서로 수군거리며 사람이 연주하는 곡이 아니라고 감탄했다.

소유가 퉁소를 불어 청학을 내려오게 한다는 소문이 돌자 황실에서는 소유를 난양공주의 짝이 될 만한 인물로 여기게 되었다. 황제의 누이인 난양공주는 용모와 재주가 남다르고 퉁소 연주에 뛰어났다. 공주가 퉁소를 불면 항상 하늘에서 학이 모여들어 춤을 추었

알고 나면 더 재밌어요!

소유의 여섯 번째 사랑, 난양공주 이소화
난양공주 소화는 황제의 동생으로, 가장 높은 지위에 있는 여성이지만 스스로를 낮출 줄 아는 성품을 지니고 있다. 난양공주와 소유가 인연을 맺는 데에는 퉁소가 매개가 되는데, 난양공주는 꿈속에서 선녀로부터 퉁소를 전수받아 그 연주가 신선의 경지에 이른 인물이다.

다. 이 날 공주가 부는 퉁소 소리에 내려온 한 쌍의 청학이 이어서 들려온 소유의 퉁소 소리를 따라 날아갔던 것이다.

공주의 재주에 어울리는 훌륭한 부마를 기대하고 있던 황실에서는 매우 기뻐하며, 소유를 불러 공주와 혼인시키겠다는 뜻을 전했다. 그러나 이미 경패와 혼인을 약속한 소유는 단호하게 거절했다.

황실에서는 끈질기게 소유를 설득했다. 그래도 소유가 끝끝내 뜻을 굽히지 않자 황제의 어머니인 태후는 크게 노하여 소유를 감옥에 가두었다. 조정 대신들이 모두 일어나 반대했지만 태후의 진노에는 황제도 어찌할 수 없었다.

이 때 토번이 군사를 일으켜 변방 마을들을 함락시키고 온 나라를 뒤흔들기 시작했다. 황제는 급히 신하들을 불러 의논했다. 그러나 서울의 군사로는 적군을 막기에 부족하고, 지방 병력을 끌어오기에는 시간이 부족했다.

뾰족한 방법을 찾을 수 없었던 황제는 소유를 불러 묘책을 구해 보기로 했다.　★ 소유는 황제로부터 큰 신임을 얻고 있다.

감옥에서 나온 소유가 황제 앞에 엎드려 말했다.

"신이 비록 재주는 없지만, 수천의 군사를 주신다면 목숨을 걸고 싸워 도적들을 물리치겠나이다."

황제는 즉시 소유를 장수로 임명하며 삼만의 군사를 내주고 적을 물리치도록 명령했다.

곧바로 군사를 끌고 달려간 소유는 적군의 선봉과 맞붙어 적의 우두머리를 활로 쏘아 넘어뜨리고, 그들

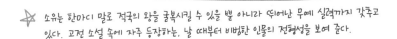

초등필수
단어장

고즈넉이 고요하고 한가로이
부마(駙馬) 임금의 사위

★ 소유는 한마디 말로 적국의 왕을 굴복시킬 수 있을 뿐 아니라 뛰어난 무예 실력까지 갖추고 있다. 고전 소설 속에 자주 등장하는, 날 때부터 비범한 인물의 전형성을 보여 준다.

이 물러날 기미를 보이자 더욱 빠르게 몰아붙였다. 세 번의 큰 싸움으로 소유의 군대는 적군 삼만을 베고, 말 팔천 필을 빼앗아 조정에 보고했다.

황제는 기뻐하며 소유를 불러 그 공을 치하하려 했으나, 소유는 더욱 몰아가 이 기회에 토번국을 완전히 무너뜨리겠다는 상소를 올렸다. 소유는 이십만의 군사를 몰고 진군하여 몇 달 만에 빼앗겼던 고을 이십여 곳을 되찾았다. 그리고 군대는 계속 나아가 적석산 아래에 진을 쳤다.

소유는 경계를 엄히 하도록 명령하고 장막 안으로 들어가 촛불을 밝히고 병서를 읽었다. 밖에서 순찰을 도는 소리를 들으니 시간은 막 삼경이 되고 있었다.

그 때 갑자기 한 줄기 찬 바람이 장막 속으로 불어 들어 촛불을 꺼뜨리고 서늘한 기운이 다가왔다. 한 자객이 공중에서 쑥 내려오는데 손에는 비수가 번득이고 있었다.

소유는 얼굴색을 변하지 않고 물었다.

"너는 누구냐?"

자객이 말했다.

"토번국의 명으로 장군의 머리를 가지러 왔소."

소유가 소리쳤다.

"장부가 어찌 죽기를 두려워하겠는가? 내 머리를 가져가라!"

그러자 자객은 갑자기 칼을 버리더니 소유 앞에 머리를 조아렸다.

"놀라지 마십시오. 제가 어찌 장군을 해치겠습니까?"

백룡담 싸움

소유가 자객을 자세히 살펴보니 구름 같은 머리카락을 위로 올려 금비녀를 꽂았고, 소매가 좁은 전포에는 패랭이꽃을 수놓았으며, 발에는 봉황의 머리처럼 수놓은 신을 신고, 허리에는 용천검을 차고 있었다. 그 아름다움이 한 송이 해당화와 같아서 마치 전장을 누비던 목란이나 금합을 훔치던 홍선을 보는 듯했다.

※ 중국의 옛 서사시에 등장하는 주인공으로, 아버지를 대신하여 남장을 하고 전쟁터에 나갔다.

※ 중국의 무협 소설에 등장하는 여성. 주인을 위해 적지로 들어가 금합을 훔쳐 내어 전쟁을 막았다.

여인이 말했다.

"저의 이름은 심요연으로, 어려서 부모를 잃고 한 여도사의 제자가 되어 검술을 익혔습니다. 스승님은 저에게 전쟁 중에 귀인을 만나게 될 것이라며, 자객으로 위장하고 이 곳으로 가도록 이르셨습니다. 저는 다른 자객들과 실력을 겨뤄 뽑혀, 이렇게 장군을 해하라는 명령을 받고 오게 되었습니다. 스승의 말대로 장군이 저의 인연이라 생각되니, 장군을 모실 수 있게 해 주십시오."

소유는 기뻐하며 요연을 받아들여 그 곳에서 함께 지내도록 했다. 위태로운 전쟁 중에도 두 사람의 정은 매우 깊어졌다.

떠나야 할 때가 되자 요연은 소유에게 몇 가지를 당부했다.

"모든 자객들과 겨뤄 뽑혀 온 제가 명을 버리고 장군의 사람이 된 것을 알면, 감히 다시는 다른 자객을 보내지 못할 것입니다."

요연은 이렇게 말하며 허리춤에서 구슬을 하나 꺼내 소유에게 건넸다.

"이것은 적장의 상투에 달았던 구슬입니다. 이것을 보내어 제가 돌아가지 않을 것임을 알리십시오."

요연은 계속 말을 이었다.

"앞으로 반사곡이라는 곳을 지나게 될 것입니다. 그 곳에서는 물을 조심하셔야 합니다. 반드시 우물을 파서 군사들의 먹을 물을 구하세요."

요연은 소유에게 작별인사를 한 후, 소유가 붙잡을 틈도 없이 몸을 휙 날려 공중으로 사라졌다.

소유는 요연의 말대로 적군에게 구슬을 보냈다. 그

알고 나면 더 재밌어요!

소유의 일곱 번째 사랑, 심요연
요연은 소유가 머물고 있던 진중에 자객으로 들어온다. 그러나 실은 소유를 구하기 위해 다른 자객들을 물리치고 자청하여 온 것이다. 소유가 위기를 극복하도록 도움을 주는 강한 여성이다.

154

리고 며칠 동안 진군하다 어느 곳에 이르니 말 한 마리가 겨우 지나갈 수 있는 좁은 길이 나왔다. 수백 리를 걸어 그 곳을 빠져나간 후에야 겨우 넓은 장소를 찾아 군사들을 쉬게 할 수 있었다.

오랫동안 험한 길을 행군한 군사들은 모두 지쳐 있었다. 군사들은 산 아래에 있는 물로 앞다투어 달려갔다. 그런데 군사 몇이 물을 먹자마자 온몸이 푸른색으로 변하더니 몸을 떨면서 죽어 갔다.

소유는 놀라서 물가로 가 보았다. 물은 깊고 푸르러 그 속을 알 수 없었고, 찬 기운이 넘실대고 있었다.

'이 곳이 분명 요연이 말한 반사곡이로구나.'

소유는 군대에게 명령해 우물을 파도록 했다. 그러나 아무리 파도 물이 솟지 않았다. 할 수 없이 소유는 그 곳을 떠나 다시 진 칠 곳을 찾아보기로 했다.

그 때였다. 갑자기 앞뒤에서 북소리가 진동하며 토번의 군대가 몰려와 길을 막았다. 소유의 군대는 순식간에 진퇴양난에 빠졌다.

소유는 코앞에 적을 두고 밤을 맞아야 했다. 소유는 의자에 기댄 채 잠이 들었다.

얼마의 시간이 지났을까, 문득 이상한 향기가 진동하며 소유의 곁으로 여동 둘이 다가와 잠을 깨웠다.

"우리 낭자께서 귀인을 잠시 뵙고자 합니다."

소유는 의아하게 생각했지만 분명 무슨 이유가 있을 듯하여 그들이 준비해 놓은 말에 올라탔다. 말은 발을 차더니 순식간에 물속으로 달려 들어갔다.

진퇴양난(進退兩難) 이러지도 못하고 저러지도 못해 곤란한 지경
여동(女童) 여자아이

말이 멈춘 곳은 웅장한 용궁 앞이었다. 문을 지키는 군사들은 물고기 머리를 하고 있거나 새우 수염을 달고 있었다.

궁궐 속으로 들어가니 흰 옥으로 만든 의자가 놓여 있었다. 시녀들이 소유를 안내했다.

소유는 옥 의자에 앉아 잠자코 기다렸다. 이윽고 한 여인이 시녀들의 호위를 받으며 들어와 소유 앞에 앉았는데, 그 아름다움과 화려한 복색이 인간 세상에서는 볼 수 없는 것이었다.

여인이 말했다. ☆ 이 소설의 도입에서, 스님 성진이 수행하던 형산 근처에 동정호라는 호수
가 있어 그 곳의 용왕이 육관대사의 강의를 들으러 왔던 것을 기억하자.

"저는 동정 호수 용왕의 딸입니다. 저는 사람의 몸을 빌려 인간 세상에 나가 낭군을 만나는 운명을 타고났다는 말을 듣고 자랐습니다. 그런데 남해 용왕의 아들이 저에게 청혼해 오기에 저는 거절하고, 가문에
☆ 중국 남쪽에 있는 바다
해가 될까 두려워 이 곳에 홀로 피신해 있었습니다."

공주는 계속 말을 이었다.

"그러나 장군을 이 곳에 부른 것은 저의 일 때문만은 아닙니다. 군대가 먹을 물이 없어 우물을 파고 있으나 백 길을 판다 해도 물을 얻을 수 없을 것입니다. 제가 살고 있는 이 곳 백룡담 물은 저의 괴로움으로 인해 사람이 먹지 못할 물로 변했지만, 이제 장군을 만나 저의 괴로운 마음이 풀렸으니 다시 예전의 물로 돌아갈 것입니다."

소유는 공주의 말을 듣고 기뻐서 말했다.

"낭자의 말대로라면 하늘이 우리 두 사람의 인연을 정한 지 오래니, 이제 아름다운 기약을 맺도록 합시다."

그 때 갑자기 천둥소리가 나며 용궁이 흔들렸다. 시녀가 급하게 달려

156

왔다.

"남해 태자가 군사를 거느리고 와서 맞은편 산에 진을 치고 장군과 결판을 내겠다고 합니다."

공주가 한숨을 쉬며 말했다.

"제가 일이 이렇게 될 것을 염려하고 있었습니다."

소유는 공주를 안심시킨 후 곧바로 말을 타고 물 밖으로 솟아올라 군대로 돌아왔다. 남해 태자의 군대가 백룡담을 에워싸고 있었다.

남해 태자는 말 위에 올라 불같이 화를 내며 외쳤다.

"너는 어찌하여 남의 혼사를 가로막고, 남의 처자를 가로채느냐? 너와 나 둘 중 하나는 죽어야 하리라."

소유도 말을 달리며 크게 소리쳤다.

"동정 용왕의 딸과 나의 인연은 이미 하늘이 정한 것이다. 어찌 하늘의 명을 거스르려 하느냐!"

태자가 어서 저 놈을 잡으라며 길길이 날뛰자 태자의 물고기 군사들이 소유에게 달려들었다. 그 때 소유가 무기를 든 팔을 번쩍 쳐들자 만 개의 화살이 동시에 날아가 태자의 군대를 덮쳤다. 순간 깨어진 비늘과 껍데기가 눈처럼 휘날렸다.

태자 또한 두어 군데 상처를 입고 변신을 못 하게 되자 곧 소유의 군대에게 사로잡혔다. 소유는 징을 울려 군사를 거두고 태자를 묶어 진지로 돌아왔다.

"내가 너의 머리를 베어야 하겠으나, 네 아비가

복색(服色) 예전에, 신분이나 직업에 따라서 다르게 맞추어서 차려입던 옷의 꾸밈새와 빛깔
길 예전에 길이를 나타내던 단위의 하나. 한 길은 어른 키 정도의 길이를 나타낸다.
거스르다 자연의 뜻이나 남의 뜻에 어긋나는 일을 하다.
길길이 성이 나거나 흥분하여 펄펄 뛰는 모양

초등필수 단어장

지금껏 남해를 지키고 백성들에게 은혜를 베푼 것을 생각하여 너를 용서하려 하니, 돌아간 후에는 하늘의 명에 순종하고 그릇된 마음을 먹지 말라."

소유가 이렇게 말하며 태자의 상처에 약을 바르고 풀어 주자, 태자는 머리를 감싸고 쥐가 숨듯이 달아나 버렸다.

그 때 동남쪽에서 붉은 기운과 신비로운 안개가 자욱하게 끼며 공중에서 사자가 나타나더니 소유에게 말했다.

"양 장군이 남해 태자를 물리쳤다는 소식을 듣고 동정 용왕이 장군을 불러 하례하고자 하십니다. 그리고 공주님께서도 이제 동정 용궁으로 돌아오시라고 말씀하셨습니다."

소유가 정중하게 사양했다.

"나는 지금 적군과 대치하고 있고 동정호는 만 리 밖이니, 가고자 한들 어찌 갈 수 있겠습니까?"

그러자 사자가 대답했다.

"이미 수레를 준비하여 여덟 마리의 용이 메고 있으니, 반나절 안에 다녀오실 수 있습니다."

소유가 공주와 함께 수레에 오르니 신령스러운 바

현실과 환상을 넘나드는
'구운몽'
'구운몽'은 실제로 존재하는 형산, 낙양, 당나라 수도 등을 배경으로 하면서도 저승이나 용궁 등 상상 속의 세계를 속속 등장시킨다. 현실에서 환상으로, 환상에서 현실로 빠르게 넘나드는 '구운몽'의 재미를 느껴 보자.

람이 수레바퀴에 불어 공중으로 띄워 올렸다. 여덟 마리 용은 눈 깜짝
할 사이에 하늘을 가로질러, 인간 세상에서 몇 천 리를 떠났는지 가늠
할 수 없었다. 다만 흰 구름이 세상을 덮고 있는 모습만 보일 뿐이었다.

순식간에 동정호에 도착하니 용왕이 이미 나와 주인과 손님의 예절
로 소유를 맞았다. 용왕은 큰 잔치를 벌여 소유가 싸움에서 이기고 공
주가 궁으로 돌아온 것을 축하했다.

소유는 화려한 용궁의 잔치에 흠뻑 취했으나 자신의 처지를 잊지 않
았다.

"저의 군대가 위급한 중에 있으니 오래 머물 수가 없습
니다."

초등필수
단어장

사자(使者) 임금이 어떤
임무를 맡겨 보내는 사람

용왕은 용궁 문밖까지 나와 소유를 배웅했다. 그 때 소유가 문득 눈을 들어 보니 다섯 봉우리가 구름 속에 싸인 높은 산이 바라보였다. 소유가 용왕에게 물었다.

"이 산의 이름이 무엇입니까? 천하를 두루 다녀 보았지만 지금껏 보지 못한 산입니다."

☆ 성진이 수행하던 산이다.

"장군이 이 산을 모르시는구려. 이는 형산이라 하오. 아직 시간이 많이 되지 않았으니, 잠깐 구경해도 그리 늦지는 않을 것이오."

소유가 수레에 오르니 순식간에 이미 산 아래에 다다라 있었다. 소유는 막대를 짚으며 산으로 걸어 올라갔다. 천 개의 바위가 앞다투어 빼어남을 자랑하고, 만 개의 물이 서로 겨루며 흘러가고 있었다.

소유는 한숨을 내쉬었다. ☆ 소유는 적극적으로 입신양명하는 삶을 살지만 마음 한구석에는 속세의 번잡함에서 벗어나고 싶다는 생각을 갖고 있다.

"언제 공을 이루고 물러나 세상 밖 한가한 사람이 될꼬?"

문득 바람결에 종소리가 들려왔다. 그 소리를 따라 올라가 보니 절이 보이고, 그 곳에서는 한 노승이 대청 위에 앉아 제자들을 가르치고 있었다. 눈썹이 길고 눈이 푸르며 골격이 빼어나 세상 사람이 아닌 듯했다. 노승은 제자들을 거느리고 내려와 소유를 반갑게 맞았다.

"장군이 아직 돌아올 때가 아니나, 이미 왔으니 올라가 부처님께 경배하고 가십시오."

소유는 향을 피우고 부처 앞에 절을 했다. 그리고 내려오려 하는데 갑자기 발을 헛디뎌 넘어지고 말았다.

소유가 깜짝 놀라 정신을 차려 보니 자신은 의자에 기대어 앉아 있고, 날은 이미 밝아 있었다. 모든 것이 꿈인가 하여 주위에 물어보니 모두 같은 꿈을 꾸었다고 했다. 소유는 남해 태자와 싸웠던 장소로 달려가 보았다. 그 곳에는 물고기 비늘이 가득 떨어져 있었다.

소유가 먼저 못의 물을 떠먹고 병든 군사들에게도 먹이자 그들의 병이 모두 나았다. 군사들은 기뻐하며 그제야 실컷 물을 마시고 기운을 차릴 수 있었다.

소유는 다시 전열을 가다듬고 북소리를 울리며 적군을 향해 나아갔다. 토번국에서는 이미 요연이 보낸 구슬을 보고, 소유의 군대가 백룡담 물을 마시고 무사히 반사곡을 지났다는 말을 들은 후라 모두 두려움에 빠져 있었다. 지레 겁을 먹은 토번국의 장수들은 우두머리를 묶어 소유에게 보내며 항복해 왔다.

소유는 토번의 도읍지에 들어가 백성들을 편안하게 하고, 개선가를 부르며 서울로 향했다.

부마가 된 소유

한편 황실과 정 사도의 집에서는 소유와 난양공주의 혼사 문제로 들썩이고 있었다. 전장에서 계속하여 승전보가 올라오자 소유를 부마로 삼겠다는 황실의 뜻은 점점 더 굳어졌다.

딸의 혼사가 깨지게 되자 정 사도 부부는 실의에 빠지고 말았다. 경패는 슬퍼하는 부모님을 생각하여 아무렇지 않은 척했지만, 그런 딸을 바라보는 부인

바라보이다 어떤 대상이 바로 향하여 보이다.
지레 어떤 시기가 되기 전에 미리
승전보(勝戰譜) 싸움에 이긴 경과를 적은 기록

의 마음은 더욱 안타까웠다. 경패가 성심껏 어머니를 모시며 위로하려 했으나 부인은 시름시름 앓다가 결국 자리에 눕고 말았다.

본래 마음이 따뜻한 난양공주는 자신으로 인해 한 여인의 혼사가 깨지는 것이 안타까웠다. 또 이미 한 약속을 저버리라고 강요하는 것은 황실의 덕을 해치는 일이라고 생각했다. 난양공주는 자신이 양보하여 소유의 둘째 부인이 되겠다며 태후와 황제를 설득했다.

난양공주는 평범한 소녀로 가장하여 경패를 찾아갔다. 경패는 듣던 대로 매우 훌륭한 규수였다. 경패의 인간됨에 감탄한 공주는 경패와 자매처럼 지내고 싶은 마음이 더욱 커졌다.

난양공주와 경패가 함께 태후 앞에 나가 서로 글을 견주며 뛰어난 재주를 보이자 태후는 죽은 딸이 살아난 듯 기쁜 마음이 들었다. 태후는 난양공주의 바람대로 경패를 수양딸로 들여 공주로 삼고, 소유에게 나란히 시집보내기로 결심했다.

난양공주에게는 자매처럼 지내는 궁녀가 있었는데, 그는 소유가 첫 과거 길에 정혼했던 채봉이었다. 채봉은 과거에 급제하여 궁에 드나드는 소유를 알아보고 혼자 슬퍼하고 있었다. 채봉의 사연을 알게 된 황제는 불쌍한 마음에 채봉도 난양공주를 따라 소유에게 시집가도록 허락했다.

전쟁에서 승리하고 큰 공을 세운 소유는 아무것도 모른 채 서울로 향하고 있었다. 서울로 돌아온 소유는 한꺼번에 두 부인과 두 첩을 얻어 혼인을 하고, 고향으로 돌아가 어머니를 모셔 왔다.

소유가 지난 날 인연을 맺었던 섬월과 경홍, 요연, 그리고 용왕의 딸

능파도 소유를 찾아왔다. 두 부인과 여섯 낭자는 서로 자매의 연을 맺고 우애 있게 지냈으며, 각각 한 명씩의 아이를 낳아 훌륭하게 키웠다.

꿈에서 깬 성진

오랜 세월이 지난 후, 소유는 관직에서 물러나 아름다운 경치를 벗 삼으며 한가로운 시간을 보냈다. 그리고 여러 해가 지난 팔월 스무날 즈음, 소유의 생일을 맞아 모든 자녀들이 모여 열흘 동안 잔치를 열었다.

소유의 생일잔치가 끝나고, 계절은 가을로 접어들었다. 국화 봉오리는 누렇고 산수유 열매는 붉게 물든 등고절이었다. ☆ 登高節. 음력 9월 9일 중양절을 이른다. 국화주를 마시고 산에 오르는 풍습이 있다.

소유가 사는 궁의 서쪽에 높은 누대가 있었는데, 그 위로 올라가면 가리는 것 없이 사방을 손금 보듯 볼 수 있었다. 소유는 그 장소를 특별히 사랑했다.

온갖 화려한 음식과 풍악 소리에 싫증난 소유는 두 부인과 여섯 낭자만을 데리고 누대에 올랐다. 부인과 낭자들은 국화주를 가득 부어 차례로 잔을 올렸다.

이윽고 날이 저물며 구름 그림자가 짙게 드리우고, 주위를 둘러보니 가을빛이 아득했다.

소유는 품속에서 옥퉁소를 꺼냈다. 퉁소 소리는 마치 흐느끼는 듯, 애원하는 듯 애절했다. 소유의 퉁소가 예전과 다름을 눈치 챈 경패와 난양공주가 슬픈 얼

저버리다 마땅히 지켜야 할 도리나 의리를 지키지 않다.
규수(閨秀) 결혼할 나이가 된 남의 집 처녀를 높여서 이르는 말
바람 어떤 일이 이루어지기를 바라는 마음
수양딸 남의 자식을 데려다가 기른 딸. 양녀.
정혼하다 혼인하기로 정하다.
누대(樓臺) 누각과 정자와 같이 높은 건물

오늘필수 단어자

굴로 물었다.

"승상이 이미 공을 이루고 온갖 부귀영화가 만인이 부러워할 정도이며, 이제 아름다운 때를 만나 풍경을 감상하고, 사랑하는 사람이 곁에 있으니 이 또한 인생에 즐거운 일이거늘, 오늘의 퉁소 소리는 어찌된 일입니까? 옛날의 퉁소 소리가 아닙니다."

소유는 난간에 기댄 채 손을 들어 주위를 가리켰다.

"저 곳은 진시황의 아방궁이고, 저 곳은 한무제의 무릉이오. 또 저 곳은 현종 황제가 양귀비와 같이 놀던 화청궁이오. 사해로 집을 삼고 온갖 부귀를 누리며 백 년을 짧게 여기던 그들은 지금 다 어디로 갔소? 소유는 본디 하남 땅 베옷 입은 선비요, 나라의 은혜를 입어 벼슬이 재상에 오르고 낭자들을 만나 백 년이 하루 같으나 인연이 다하면 각각 돌아가야 하겠지요. 인생이란 참으로 덧없는 것이 아니오? 내가 관직에서 물러난 후부터 잠이 들면 항상 참선을 하고 있는 나의 모습이 보이니, 나는 분명 불교와 인연이 있는 듯하오. 나는 이제 불교에 귀의해 불생불멸하는 도를 얻어 속세의 고락을 뛰어넘고자 하오. 그러나 반생을 함께해 온 부인들과 하루아침에 이별을 하려 하니 슬픈 마음이 곡조에 드러났소이다."

부인들은 깊이 감동했다.

"온갖 부귀영화를 누리던 중에 이러한 맑고 깨끗한 마음을 품으시니 참으로 존경스럽습니다. 부디 밝은 스승과 어진 벗을 만나 큰 도를 얻으신 후에 저희들을 인도해 주십시오."

소유와 부인들이 함께 이별의 잔을 나누는데 어디선가 막대 던지는

(여백 주석) 처음으로 중국 대륙을 통일한 군주. 불로초를 구하기 위해 소년, 소녀들을 배에 태워 동쪽으로 보냈다는 이야기가 있다.

(여백 주석) 전한의 전성기를 이룬 황제

(여백 주석) 당나라의 황제로, 나라를 잘 다스려 태평성대를 이루었으나 말년에 양귀비를 궁궐로 끌어들이고 국정을 소홀히 하였다.

(여백 주석) 온갖 부귀를 누린 소유가 인생의 무상함을 느끼고 불교에 귀의하려 하고 있다.

164

소리가 들려오며 누군가 다가오는 기척이 있었다. 곧 눈썹이 길고 눈이 맑으며 비범한 얼굴을 가진 한 스님이 산을 올라왔다.

"스님은 어디에서 오시는 길입니까?"

소유가 묻자 스님은 웃으면서 말했다.

"평생 낯익은 사람을 몰라보다니요."

소유가 자세히 보니 과연 낯이 익은 얼굴이었다. 용궁에서 잔치를 하고 돌아오다가 들렀던 산에서 만난 스님이었다. 소유가 그 일을 이야기하자 스님이 껄껄 웃었다.

"맞소, 맞소. 그러나 꿈속에서 잠깐 만나 본 것은 생각나고, 십 년을 함께 있던 것은 생각이 나지 않소?"

소유는 어리둥절했다.

"저는 열대여섯 살 전에는 부모 슬하를 떠나지 않았고, 열여섯에 급제하여 줄곧 벼슬을 하며 서울을 떠나지 않았는데 언제 스님과 십 년을 함께 있었다는 것입니까?"

스님이 웃으며 말했다.

"아직 춘몽에서 깨어나지 못하였소이다."

소유가 물었다.

"스님은 저를 춘몽에서 깨어나게 하실 수 있겠습니까?"

스님이 말했다.

"그건 어렵지 않소."

스님은 자신의 돌 지팡이를 들어 난간을 두어

참선(參禪) 조용히 앉아 번뇌에서 벗어나 마음의 평안을 얻기 위해 불교의 도를 닦음
귀의하다 종교의 가르침에 의지하다.
반생(半生) 한평생의 반
슬하(膝下) 무릎의 아래라는 뜻으로, 부모나 조부모의 보호를 받는 테두리 안을 이른다.
춘몽(春夢) 봄에 꾸는 꿈이라는 뜻으로, 덧없는 인생을 비유적으로 이르는 말

번 쳤다. 그러자 갑자기 사방 산골짜기에서 구름이 일어나 누각을 에워
쌌다. 바로 앞도 보이지 않는 안개에 싸여 소유는 정신이 아득해졌다.

한순간 구름이 날아가더니 스님은 간 곳이 없고, 주위를 둘러보니
여덟 낭자도 사라지고 없었다. 높은 누각과 많은 집들도 모두 자취를
감췄다. 소유는 그저 작은 암자에 홀로 앉아 있었다.

향로에는 이미 불이 꺼졌고 지는 달이 창에 비치고 있었다. 소
유가 자기 몸을 살펴보니 손목에 백팔염주가 걸려 있고, 머
리를 만져 보니 깎은 머리털이 까칠까칠했다.

멍하게 앉아 있던 소유는 한참 후에야 자신이
성진임을 깨닫고, 스승의 꾸지람을 듣고 지옥
으로 끌려갔던 일과 인간 세상에 태어나 부귀
영화를 누리던 일을 떠올렸다.

모든 것이 하룻밤 꿈이었다.

성진은 마음속으로 생각했다.

'분명 사부님께서 내가 그릇된 생
각을 품은 것을 알고 꿈을 꾸
게 하여 인간 세상의 부귀와

남녀 간의 정욕이 다 허망한 일임을 깨닫게 한 것이로구나.'

소유가 재빨리 세수를 하고 옷을 바르게 입은 후 육관대사를 찾아가 보니 방장에는 이미 제자들이 모두 모여 있었다. 대사가 물었다.

"성진아, 인간 세상의 부귀를 겪어 보니 과연 어떠하더냐?"

성진은 머리를 조아리고 눈물을 흘리며 말했다.

"성진이 이미 깨달았나이다. 못난 제자가 마음을 잘못 먹어 죄를 지었으니 마땅히 인간 세상에 <u>윤회</u>해야 할 것인데, 벌을 내리지 않고 하룻밤 꿈으로 깨닫게 하시니 사부님의 은혜가 헤아리기 어렵습니다."

대사가 말했다.

☆ 莊子. 근심의 근원인 육체와 정신을 버리고 자연의 법칙에 따라 살면 어떠한 것에도 침해받지 않는 자유를 얻을 수 있다고 주장한 중국의 옛 사상가.

"네가 흥을 타고 갔다가 흥이 다하여 돌아왔으니 내가 한 것이 무엇이 있겠느냐? 인간 세상에 윤회하는 꿈을 꾸었다 했느냐? 인간 세상과 꿈을 다르다 말하니 너는 아직 꿈에서 깨어나지 못했구나. 장자가 꿈에 나비가 되고 다시 나비가 장자가 되니, 무엇이 거짓이며 무엇이 진짜인지 모르겠다고 했다. 성진과 소유 중 누가 꿈이며, 누가 꿈이 아닌가?"

성진이 말했다.

"저는 <u>우매하여</u> 꿈과 진짜를 알지 못하겠습니다. 사부님께서 가르침을 주십시오."

"금강경 큰 법을 일러 너의 마음을 깨닫게 할 것이다. 그러나 새로 오는 제자가 있을 것이니 잠깐 기다려라."

☆ 金剛經.
공(空) 사상을 담은 불교 경전.

알고 나면 더 재밌어요!

장자의 꿈

장자가 어느 날 꿈을 꾸었는데, 꿈속에서 나비가 되어 훨훨 날아다니며 자신이 장자라는 생각을 하지 않았다고 한다. 장자는 꿈에서 깨어난 후 장자가 나비 되는 꿈을 꾸었는지, 나비가 장자 되는 꿈을 꾸고 있는지 모르겠다고 말했다. 도를 깨달으면 모든 것이 하나이며, 옳고 그름이나 나와 사물의 구분이 필요 없다는 것이다.

그 때 여덟 선녀가 대사를 찾아와 엎드리며 말했다.

"저희가 배운 것이 없어 세속의 즐거움을 잊지 못하다가 하룻밤 꿈에 큰 깨달음을 얻었습니다. 저희들이 이미 위부인께 하직하고 불가로 들어왔으니 가르침을 주십시오."

선녀들은 얼굴을 깨끗하게 씻어 연지분을 지우고 소매 속에서 칼을 꺼내 흑운 같은 머리를 잘라 낸 후 육관대사 앞에 공손히 앉았다.

육관대사가 비로소 자리에 올라가 큰 가르침을 펴니, 백호 빛이 세상에 쏘이고 하늘 꽃이 비처럼 내렸다.

"인위적인 모든 법은 꿈과 환상 같고, 거품과 그림자 같으며, 이슬과 같고 또한 번개와 같으니, 마땅히 이와 같이 볼지어다."

이 때 성진과 여덟 비구니는 동시에 깨달음을 얻었다.

성진의 수행이 높고 깨끗하며 원숙해지자, 육관대사는 성진으로 하여금 자신의 뒤를 잇게 한 후 서천을 향해 떠났다.

성진이 제자들을 거느려 큰 교화를 베푸니 신선이나 용신이나, 사람과 귀신 모두 육관대사와 똑같이 성진을 존경하고 따랐다. 여덟 비구니는 성진을 스승으로 섬겨 보살의 큰 도를 얻어, 아홉 사람이 모두 극락세계로 갔다.

짧은 글 짓기를 해 보아요

1 읊조리다

2 벼르다

3 동행하다

4 담소

5 슬하

이해력을 길러요

1 이 소설의 제목은 '구운몽(九雲夢)'입니다. 작가는 제목에서 그들의 꿈을 한마디 말로 표현했습니다. 그것이 무엇인가요? 한자로 써 보세요.

2. '구운몽'은 꿈을 꾸고 현실로 돌아오는 구조를 취하고 있습니다. 다음 표의 빈 칸을 채우며 '구운몽'의 전체 내용을 정리해 봅시다.

현실	육관대사의 제자 성진이 여덟 선녀를 만난 후 벌을 받아 인간 세상으로 쫓겨난다.
꿈	
현실	

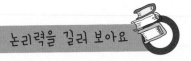
1 다음 구절로 보아 성진은 어떠한 내적 갈등을 겪고 있나요?

'어려서는 공맹의 글을 읽고 자라서는 요순 같은 임금을 만나 장수가 되고 정승이 되어 그 이름을 널리 떨치는 것이 대장부의 일이거늘, 우리 불가에서는 한 바리 밥과 한 병 물에, 두어 권의 경문과 백팔 개의 염주뿐이구나. 높은 도를 이룬다 하나 적막하기가 이루 말할 수 없구나.'

2 성진이 꿈꾸었던 삶을 다 살아 본 소유가 다음과 같이 이야기하는 이유는 무엇일까요?

"저 곳은 진시황의 아방궁이고, 저 곳은 한무제의 무릉이오. 또 저 곳은 현종 황제가 양귀비와 같이 놀던 화청궁이오. 사해로 집을 삼고 온갖 부귀를 누리며 백 년을 짧게 여기던 그들은 지금 다 어디로 갔소? (…) 인생이란 참으로 덧없는 것이 아니오?"

논리력을 길러 보아요

1 '구운몽'은 성진이 꿈을 꾸고 꿈에서 깨어나는 과정을 통해 어떠한 깨달음을 전달해 주고 있습니다. 결말 부분에 드러나는 소설의 주제에 대해 공감한다면 그 이유를, 공감하지 않는다면 또 그러한 이유를 밝혀 보세요.

2 '구운몽'을 읽은 감상을 정리하여 한 편의 독후감으로 완성해 보세요.

한중록

혜경궁 홍씨 지음

교과서에도 있어요.

고등 문학 Ⅰ [비상교육]
고등 문학 Ⅱ [지학사]

줄거리를 읽어 봐요

홍씨는 열 살에 세자빈으로 간택되어 궁궐로 들어갑니다. 궁궐에서 세손을 낳고 어른들의 사랑을 받으며 지내는데, 남편인 사도세자와 시아버지인 영조의 사이가 점점 멀어집니다. 영조는 날이 가물거나 천재지변이 있어도 사도세자를 나무랍니다. 사도세자는 점점 마음의 병이 들어 갑니다. 주위에서 사도세자의 비행을 알리자 영조는 사도세자를 불러 죄를 묻고 뒤주에 가두어, 결국 사도세자는 8일 만에 숨을 거둡니다. 홍씨는 그런 일들을 목격하며 가슴을 졸이고, 하늘이 무너지는 듯한 아픔을 느낍니다.

☆ 閑: 한가할 한, 中: 가운데 중, 錄: 기록할 록
'한가로운 때에 기록한 글'

'한중록(閑中錄)'은 정조의 어머니인 혜경궁 홍씨가 쓴 회고록입니다.

'한중록'에는 혜경궁 홍씨의 어린 시절과 세자빈으로 간택되어 궁으로 들어오기까지의 과정, 궁궐에서의 칠십 년의 세월이 기록되어 있습니다. 특히 사도세자 사건을 다루고 있어 역사 연구의 보조 자료로도 쓰입니다. '한중록'은 궁궐 안의 여성이 쓴 작품이어서 당시 궁궐의 풍속을 알 수 있고, 당시 여성들의 우아한 문체를 느껴 볼 수도 있습니다.

'한중록'은 총 네 편으로 이루어졌습니다. 혜경궁 홍씨가 환갑을 맞은 해에 1편을 쓰고 그 후 세 편은 아들인 정조가 죽은 후에 썼습니다. 여기서는 사도세자 사건을 기록한 부분을 중심으로 발췌하여 실었습니다.

조선의 21대 왕인 영조는 사도세자를 뒤주에 가두어 죽게 하고, 그 후 사도세자의 아들인 정조를 세자로 삼습니다. '한중록'에는 비운의 왕세자인 사도세자와 아버지 영조 사이의 비극이 세세하게 기록되어 있습니다.

한중록

세자빈으로 간택되다

세자빈 간택을 위해 단자를 받는다는 명이 내렸는데 주위에서는,

"선비의 딸이 간택에 참여하지 않아도 해될 것은 없으니 단자를 낼 것 없다. 가난한 집에서 선보일 의상 준비하는 것도 여간 힘들지 않다." 라며 나의 단자 내는 것을 말렸다. 그러나 아버지께서,

"내가 나라의 녹봉을 받는 신하이며, 딸이 재상의 손녀이거늘 어찌 임금님을 속인단 말인가?"

하며 단자를 내었다.

그 때 우리 집이 매우 가난하여 새로 의상을 해 입을 수 없었다. 그래서 치맛감은 형의 혼수에 쓸 것으로 하고, 안에는 낡은 천을 넣어서 옷을 지어 주셨다. 그리고 다른 혼수 준비는 어

간택(揀擇) 조선 시대에 임금, 왕자, 왕녀의 배우자를 선택하던 행사
단자(單子) 후보자의 명단 따위를 적은 종이
선보이다 여러 사람 앞에 처음으로 공개하거나 발표하다.
녹봉(祿俸) 옛날에 나라에서 벼슬아치에게 봉급으로 주던 곡식, 옷감, 돈 등을 이르는 말

머니께서 빚을 얻어 준비하느라 애쓰시던 일이 눈에 선하다.

초간택에 임해 궁에 들어갔다 나온 후 어머니 옆에서 잠이 들었는데 아침에 아버지가 들어오시며 하시는 말씀이,

"이 아이가 첫째로 뽑혔으니 어찌된 일이오?"

하며 도리어 근심하셨다.

"가난한 선비의 자식이니 단자 드리지 않았으면 좋았을 것을."

하는 부모님의 말씀을 잠결에 듣고 괜히 슬퍼져서 이불 속에서 혼자 울었다. 초간택 이후 매우 슬펐는데, 장차 궁중에 들어와 천만 괴로움을 겪으려고 마음이 그러하였던 것일까?

그 후 재간택에 임하니, 부모님은 근심하며 요행히 간택에서 떨어져 나오기를 바라셨다. 그러나 궁중에 들어가 보니 이미 결정이 내려진 듯 거처하는 곳이나 대접하는 법도 달랐다.

그 날부터 부모님께서 나에게 말씀을 고쳐 존대를 하시고, 일가 어르신들도 공경하며 대하시니 나의 마음은 불안하고 슬펐다. 아버지께서는 근심하시며 훈계하시는 말씀이 많으니 내가 무슨 죄를 지은 것만 같아 몸 둘 바를 몰라 하면서도 부모님 곁을 떠날 일이 슬퍼 어린 속이 타들어 가는 듯했다.

세자빈이 되면 집안의 웃어른들도 그를 어른으로 대접하고 존대를 하게 된다.

마침내 내가 부모님 곁을 떠날 날이 가까웠다. 나는 슬픔을 참지 못하고 종일 울음으로 보냈다. 부모님 역시 슬퍼하셨으나 참으시며 아버지께서는 이렇게 말씀하셨다.

혜경궁 홍씨는 열 살이라는 어린 나이에 가례를 올리고 궁으로 들어가게 된 것이다. 어린 나이에 부모님을 떠나 다시는 돌아올 수 없는 심정을 헤아려 보자.

174

"궁중에 들어가면 웃어른 섬기기를 삼가고 조심하여 효성으로 힘쓰고, 동궁 섬기기를 반드시 옳은 일로써 도우시고, 말씀을 더욱 삼가 집과 나라에 복을 닦으소서."

그러면서 앉음새와 몸가짐의 모든 범절을 가르쳐 주시던 말씀이 하도 간절하여 나는 공경하는 마음으로 듣다가 울음을 터뜨리고 말았다.

경오년에 의소를 낳았으나 임신년 봄에 잃어 궁궐의 모든 어른들이 애통해하셨다. 불효한 것이 못내 죄스럽더니 그 해 구월에 산을 낳았다.

☆ 혜경궁 홍씨는 열여섯 살에 낳은 첫째 아들을 잃고 열여덟 살에 둘째 아들 이산을 낳았다. 그가 조선의 22대 왕 정조이다.

초등필수
단어장

요행히 뜻밖으로 운수가 좋게
존대(尊待) 존경하여 대접해 줌
동궁(東宮) 세자궁을 달리 이르던 말. 세자가 거처하는 곳이 궁궐의 동쪽에 있던 데서 유래한다.

사도세자의 어린 시절

★ 1762년, 사도세자가 영조의 명으로 뒤주에 갇혀 사망하게 된 사건

임오화변이 천고에 없는 변이라.

★ 사도세자 사건을 자세히 알지 못하는 순조가 그 일을 알고 싶어 했으나 아버지의 일이 가슴에 사무친 정조가 사도세자에 대한 기록을 지웠다고 한다. 순조를 '주상'이라 하고 정조를 '선왕'이라 부르는 것으로 보아 이 대목을 쓴 시점이 순조 시절이었음을 알 수 있다.

주상이 어려서 이 일을 알고자 하시나 선왕이 차마 자세히 이르지 못하시고, 그 누가 감히 이 말을 하며 또 그 누가 이 사실을 자세히 알겠는가.

내가 곧 없어지면 궁중에서는 알 사람이 없을 것이니, 자손이 되어서 조상의 큰 일을 모르는 것이 안타까워 전후사를 기록하여 주상에게 뵈온 후 없애고자 하나, 내가 붓을 잡아 차마 쓰지 못하고 날마다 미루어 왔다. 이 일을 주상이 모르게 하고 죽기가 실로 인정이 아니므로 죽기를 참고 피눈물을 흘리며 이렇게 기록하나, 차마 쓰지 못할 대목은 뺀 것이 많고 지루한 곳은 다 다루지 못했다.

★ 사도세자의 사당. 윗사람을 부를 때 그 이름 대신 그가 머무는 건물로 칭한다.

내가 영조대왕의 며느리로서 평상시에 사랑을 받았고, 경모궁의 부인으로서 남편을 위한 정성이 또한 지극했으니, 부자 두 분 사이에 조금이라도 말이 과한 것이 있다면 천벌을 면치 못할 것이다. 사람들이 임오화변에 대해 이러니저러니 하는 것은 모두 허무맹랑하니, 이 기록을 보면 그 해 일의 처음과 끝을 소상히 알 수 있을 것이다.

경모궁께서 나셨을 때 세자로서의 자질이 출중하였으니, 궁중에 기록하여 전하는 바를 보면 나신 지 백 일 안에 기이한 일이 많으시고, 넉 달 만에 걸으시고, 여섯 달 만에 영조대왕께서 부르시는 데 답하시고, 일곱 달

알고 나면 더 재밌어요!

혜경궁 홍씨(헌경왕후)의 생애

홍씨는 열 살의 어린 나이에 빈으로 간택되어 70년의 세월을 궁에서 생활했다. 남편인 사도세자가 시아버지 영조와의 불화로 결국에는 죽임을 당하는 것을 지켜보아야 했다. 후에 아들인 정조가 왕위에 올라 혜경궁이라고 이름을 높였다. 혜경궁 홍씨는 정조가 죽고 난 15년 후인 순조 15년에 세상을 떠났다.

만에 동서남북을 알아서 가리키고, 두 살에 글자를 배워 육십여 자를 쓰시고, 세 살에 과자를 드리면 '수(壽)'자와 '복(福)'자 박은 것을 골라 잡수셨다.

壽:목숨 수   福:복 복

천자문을 배우실 때 '사치할 치(侈)' 자와 '부할 부(富)' 자에 이르러서 '치' 자를 짚으시고 입으신 옷을 가리키며 이것이 사치라 하셨다. 돌 때에 새 옷을 입으시게 하자,

"사치스러워서 남부끄러워 싫다."

하고 입지 않으셨다.

세 살 때에 기이한 일이 있어, 모시는 이가

명주와 무명을 놓고,

⭐ 명주는 누에고치에서 뽑은 실로 짠 비단이며, 주로 부유한 사람들이 겨울 한복으로 만들어 입었다. 무명은 목화솜에서 뽑은 실로 만든 면을 말한다.

"어느 것이 사치요, 어느 것이 사치가 아니옵니까? 어느 것으로 옷을 만들어 입고 싶으십니까?"

하자 무명을 가리키셨다. 이것으로 보더라도 그 어른께서 탁월하시던 성품을 알 수 있지 않은가.

체구가 커서 웅장하시고 천성이 효성스럽고

총명하셨으니, 만일 부모님 곁을 떠나지 않게 하고 모든 일을 가르치며 자애와 교육을 병행하였다면 그 어진 기운이 크게 발전하

인정(人情) 사람이 본래 가지고 있는 감정이나 심정
남부럽다 남을 대하기가 창피스럽다.
탁월하다 다른 사람에 비해 매우 뛰어나다.

초등필수 단어장

였을 것을, 그리하지 못하고 일찍이 떨어져 계셔서 작은 일이 커져 결국은 말하기 어려운 지경까지 이르렀다. 이는 개인과 국가의 큰 불행이었으니, 사람의 힘으로는 어찌하지 못할 일이며 나의 지극한 원통함은 어찌 측량할 수 있겠는가. ☆ 사도세자는 영조가 장자를 잃은 후 늦게 얻은 하나뿐인 아들이라 처음에는 무척 사랑하여 태어난 지 1년 만에 세자로 책봉하고 매우 사랑했다고 한다.

영조께서 그 아드님을 얻으시고 지극하신 사랑이 비할 데가 없으셔서 서너 살까지도 동궁전에 와 주무시고 자주 함께하셨다.

그러나 국운이 그릇되려고 동궁에 머무시는 일이 차차 줄어들게 되었다. 막 자라는 아기라 한때만 가르치지 않고 잘못을 금하지 않으면 달라지기 쉬운 시절인데 안 보실 때가 많으니 어찌 탈이 나지 않겠는가.

점점 자라심에 따라 놀기에 열중하게 되었는데, 이는 아기의 자연스러운 성향이라. 그 때 한 상궁이라는 자가 나무와 종이로 큰 칼도 만들고, 활과 화살도 만들어 드리며 부채질을 하였다. 놀기만 하다가 부왕께서 와서 보시면 꾸중이나 하지 않으실까 염려하며 부모님 만나기를 두려워하게 되셨다.

부자의 성품이 달라, 영조께서는 똑똑하고 인자하며 효성스러우시고, 매사를 자세히 살피고 민첩하신 성품이었다. 경모궁께서는 말이 없으며 행동이 날래지 못하고 민첩하지 못하시니, 성품은 훌륭하시나 매사에 부왕의 성품과는 다르셨다. 평상시에 부왕께서 물으시는 말씀에 곧바로 응대하지 못하고 머뭇머뭇 대답하시고, 당신 소견이 없는 것이 아닌데도 이렇게 대답하면 어떻게 될까, 저렇게 대답하면 어떻게 될까 하며 즉시 대답을 못 하니 부왕께서 답답하게 여기셨는데, 이런 일이 큰 화의 원인이 되었던 것이다.

178

그리하여 점점 서먹서먹하게 지내시다가 서로 보실 때면 부왕께서는 책망이 자애보다 앞서시고, 아드님께서는 한 번 뵙는 것도 조심스럽고 두려워하시게 되었다.

부자지간의 불화

경모궁이 십오 세가 되었을 때 영조대왕께서 대리의 일을 명하셨다. 한 달에 여섯 번 있는 회의에 세 번은 경모궁께서 혼자 하도록 하셨는데, 그 때마다 순탄치 못하고 매사에 탈이 많았다.

경모궁께서 의논을 드리기라도 하면,

"그만한 일을 결단하지 못하고 나를 번거롭게 하니 대리를 시킨 보람이 없다."

하시며 꾸중하셨다. 그러나 알리지 않으면,

"그런 일을 왜 알리지 않느냐?"

하고 꾸중하셨다.

심지어는 백성이 추운데 입지 못하고 굶주리거나 날이 가물거나 천재지변이 있어도 세자에게 덕이 없어 그렇다며 꾸중하셨다.

그러니 경모궁께서는 날이 흐리거나 겨울 천둥이 치기만 해도 또 무슨 꾸중을 하실까 근심하고 염려하며 매사에 겁을 내시더니 마침내 병환 드는 징조가 점점 나타났다.

당신(當身) 웃어른이 없는 자리에서 웃어른을 높여 '그분 자신'이라는 뜻으로 쓰는 말
소견(所見) 사물에 대한 의견이나 생각
대리(代理) 남을 대신하여 일을 처리함
결단하다 결정적인 판단을 하거나 단정을 내리다.

초등필수
단어장

그러나 영조께서는 아드님께 이런 병환이 생긴 줄을 깨닫지 못하시니 어찌 슬프지 아니하리오. 한 번 꾸중에 놀라시고 두 번 격노에 겁내시면 아무리 큰 기품이라 해도 한 가지 일이라도 자유롭게 하실 수 있겠는가.

경모궁께서는 점점 병환이 깊어져 강연도 빠뜨리시고, 취선당 바깥 소주방의 한 집이 깊고 고요하다 하여 그 곳에 머무는 날이 많았다.

그러던 어느 날 부왕이 갑자기 찾으시니 세수도 잘 못 하시고 옷도 단정치 않으셨다. 마침 술을 엄격히 금지하던 때라 영조께서는 아드님이 술을 먹은 것이 아닌가 의심하셨다.

그 날 경모궁을 뜰에 세우시고 술 먹은 일을 물으셨다. 진실로 잡순 적이 없지만 두려움이 너무 큰 경모궁께서는 감히 변명을 못 하시고 술을 먹었다고 하셨다.

이 때 보모 최 상궁이,

"술 잡수셨다는 말은 억울하니 술내가 나는지 맡아 보소서."

하자 경모궁께서는 최 상궁을 꾸짖었다.

"먹고 아니 먹고 간에 내가 먹었다고 아뢰었으니 자네가 감히 말할 것이 있는가. 물러가시오."

그러자 영조께서는 또 격노하셨다.

"내 앞에서 상궁을 꾸짖으니, 어른 앞에서는 감히 짐승도 꾸짖지 못하거늘 어찌 그리하느냐?"

그러자 경모궁께서는,

"감히 와서 변명을 하기에 그리하였습니다."

하고 대답하셨다. 그 날 억울하고 슬퍼서 화증을 참기 어려워하시다가 춘방관이 들어오니 처음으로 호령하셨다.

"너희 놈들이 부자 간에 화목하게는 못 하고, 내가 이렇게 억울한 말을 들어도 한마디도 아뢰지 않느냐? 다 나가거라."

춘방관 한 명이 무어라 아뢰며 나가지 않자 경모궁께서 화를 내시며 쫓아낼 때 촛대가 거꾸러져 불이 붙었다. 불이 활활 타올라 낙선당이 순식간에 타 버리자 영조께서는 아드님이 홧김에 불을 지른 것이라 생각하고 노여움이 열 배나 더하셔서 신하들을 모두 모아 놓고 경모궁을 불러 꾸짖었다.

"네가 불한당이냐? 왜 불을 지르느냐?"

설움이 가슴에 북받쳐 그 때에도 불이 난 원인을 여쭙지 않으시고 스스로 방화한 듯 말씀하시니, 슬프고 갑갑하다. 그 날 그 일이 있고 난 후 기가 막히셔서 청심환을 잡수시고 울화를 내리시더니,

"아무래도 못 살겠다."

하시고 우물로 가서 떨어지려 하셨으나 가까스로 구해 냈다.

부자분 사이가 좋지 못한 까닭이 또 있다. 영조대왕의 후궁인 문씨의 오라비 문성국이 경모궁께 무슨 이유로 흉한 뜻을 먹었던지, 부자분 사이가 좋지 못하신 것을 알고 그 틈을 타 부왕의 마음만 맞춰 주며 경모궁 하시는 일을 전부 염탐해 고자질해 올렸다. 경모궁의 사소한 일까지 듣는 족족 대왕께 여쭈니, 모르실 때도 의심하시던 터에 세자의 흠만 들으니 성

격노(激怒) 몹시 분하고 노여운 감정이 북받쳐 오름
강연(講筵) 임금에게 유교 경서를 강론하던 일
소주방(燒廚房) 조선 시대에 대궐 안의 음식을 만들던 곳
화증(火症) 걸핏하면 화를 왈칵 내는 증세
춘방관(春坊官) 조선 시대에 왕세자의 교육을 맡아보던 세자시강원에 속한 벼슬아치
울화(鬱火) 억울하거나 분하여 마음속에 일어나는 화나 노여움

심이 갈수록 갑갑하게 되실 수밖에 없었다.

☆ 창경궁 안의 전각.
사도세자의 처소.

정축년부터 의대병이 나시니 그 말이야 어찌 다 하겠는가. 그 때 가뭄이 들고 부왕의 노여움이 커져 엄한 말씀이 많으시니, 경모궁이 덕성합 뜰에서 휘령전을 바라보시고 슬피 울며 죽고자 하시던 일을 어찌 다 적으리오.

그 해 유월부터 화증이 더하셔서 사람 죽이기를 시작하시니, 그 때 내관 김환채를 죽여 머리를 들고 들어와 나인들에게 보이셨다. 그 때 사람의 머리 벤 것을 처음 보았는데 그 흉하고 놀랍기가 이루 말로 할 수가 없었다. 사람을 죽이고야 마음이 조금 풀리시는지 그 때 나인 여

☆ 사도세자의 생모이자 영조의
후궁인 영빈 이씨를 말한다.

럿이 상하니, 나는 갑갑하기가 이루 말할 수 없어 마지못하여 선희궁께
여쭈었다.

"병환이 점점 더하여 이러하시니 어찌합니까?"
하니, 선희궁께서는 놀라서 음식을 끊고 자리에 누우셨다.

병들어 가는 사도세자

영조대왕께서 또 무슨 일로 불평하시고 경모궁 계신 데로 찾아가시
니 경모궁 하고 계신 것이 어찌 눈에 거슬리지 않으시겠는가. 여러 일
들을 꾸중하시고, 사람 죽인 것을 이미 알고, 한 일을 바로 아뢰라고 추
궁하셨다.

경모궁께서는 그 말씀에 대답하시기를,

"심화가 나면 견디지 못하여 사람을 죽이거나, 닭 짐승을 죽이거나
하여야 마음이 풀립니다."
라고 하니 부왕께서는,

"어찌하여 그러느냐?"
하고 물으셨다.

"마음이 상하여 그러합니다."

"어찌하여 마음이 상하느냐?"

경모궁께서는,

"사랑치 않으시므로 슬프고, 꾸중하시기로 무서워서 화

의대병(衣襨病) 옷을 입
으면 견디지 못하는 병
심화(心火) 마음속에서
북받쳐 나는 화

가 되어 그러하옵니다."

하고 사람 죽인 수를 하나도 감추지 않고 세세히 다 고하였다. 영조대
왕께서는 그 때 천륜의 정이 통하였던지, 마음에 측은하였는지,

"내 이제는 그리하지 않으마."

하시고 노여움이 조금 누그러지시고, 경춘전으로 오셔서 나더러 세자

★ 창덕궁 안의 건물. 혜경궁 홍씨가
정조를 낳은 곳이다.

가 정말 그러하냐고 물으셨다. 뜻밖의 따뜻한 말씀에 나는 놀라 눈물을
흘리며 아뢰었다.

"어려서부터 자애를 입지 못하여 한 번 놀라고 두 번 놀라서 마음병
이 되어 그러하옵니다."

그러자 영조대왕께서 말씀하셨다.

"마음을 상하였다 하는구나."

"상하기뿐입니까? 사랑을 베풀면 그러하지 않을 것입니다."

하며 서러워 우니 안색과 말씀이 좋아지셨다.

"그러면 내가 그리한다 하거라. 잠은 어찌 자고 밥은 어찌 먹느냐?
내가 묻는다고 하여라."

내가 의외의 말씀을 듣고 하도 감격하여 울며 웃으며,

"그리하여 그 마음을 잡게 하시면 오죽 좋겠습니까?"

하고 절하고 손을 비비며 빌자, 내가 가엾으시던지 온화하게,

"그리하여라."

말씀하시고 돌아가셨다.

마침 경모궁께서 나를 오라 하셔서 가 뵙고,

"왜 묻지도 않으신 사람 죽인 말씀을 하셨습니까?"

184

하고 물으니,

"알고 물으시니 다 말씀드릴 수밖에."

라고 대답하셨다.

"무엇이라 하시더이까?"

"그리 말라 하시더군."

"이후에는 다행히 부자간이 좋아지겠습니다."

라고 말했더니 경모궁께서는 화증을 덜컥 내시며,

"자네는 사랑하는 며느리라 그 말씀을 다 곧이듣는가? 일부러 그리

하시는 말씀이니 믿을 수 없소. 결국에는 내가 죽고 마느니."

라고 하셨다.

☆ 아버지에 대한 불신과 감정의 골이 깊음을 알 수 있다.

이 때 의대 병환이 극심하시니, 그 무슨 일인가. 의대병은 설명할 수
없고 이상한 질병이니, 옷을 한 벌 입으려고 열 벌이나 이삼십 벌을 갖
다 놓으면, 귀신인지 무엇인지를 위하여 놓고 혹 태우기도 하셨다. 한
벌을 순하게 갈아입으시면 다행이고, 시중 드는 이가 조금 잘못하면 옷
을 입지 못하셔서 당신도 애쓰시고 사람이 다 상하니, 이 무슨 망극한
병환인가.

★ 정성왕후: 영조의 비(妃). 자식이 없었으며 사도세자를 매우 아꼈다고 한다.
★ 인원왕후: 숙종의 두 번째 비로, 사도세자에게는 할머니가 된다.

정성왕후와 인원왕후 두 분의 장례를 차례로 마치고 두어 달은 극심
한 탈 없이 지나갔다. 국상 후에 경모궁께서 홍릉에 참배하지 못하였는
데, 영조께서 마지못해 아드님을 따라가게 하셨다.

☆ 정성왕후의 능

그 해 장마가 지루하게 이어지더니 거동 날 큰 비가
쏟아졌는데, 부왕께서는 날씨가 이런 것은 아드님을 데
려온 탓이라 하시며 능에 미처 가지 못하여 쫓아 돌려

곧이듣다 남의 말을 그대로 사실
로 믿다.
거동(擧動) 몸을 움직임

초드필수
단어자

보내셨다. 능에 가서 참배하려 하시다가 뜻을 이루지 못하였으니 어떠한 효자라도 섭섭하지 않겠는가.

이 기별을 듣고 나는 너무 놀라 이제 들어오시면 얼마나 화를 내실까 쩔쩔매고 있었는데, 경모궁께서 큰 비를 맞고 도로 들어오셨다. 화가 치밀어 바로 오실 수 없어 기운을 진정하고 들어오셨다니 얼마나 고통 스럽고 힘드셨을까?

선희궁과 나는 서로 마주 잡고 울 뿐이었다. 당신도 비관하신 어조로 이렇게 말씀하셨다.

"점점 살 길이 없다."

옷을 잘못 입고 가서 그리되었는가 하는 생각에 경모궁의 의대병이 더욱 심해지시니 안타까웠다.

사도세자의 죽음

사도세자와 노론
영조와 사도세자의 불화 이유를 정치 세력 간의 다툼 때문으로 보는 사람들이 많다. 영조가 왕위에 오르도록 지지했던 정치 세력 노론에 대해 사도세자는 거리를 두는 입장을 취했다. 그러자 노론의 반대 세력인 소론이 사도세자에게 줄을 섰고, 이에 위기감을 느낀 노론이 사도세자의 잘못을 과대 포장하여 영조에게 알렸다고 한다. 영조 또한 노론 세력을 견제하긴 하였으나, 부자 사이에는 점점 정치적 긴장감이 형성되었다.

선희궁께서는 나를 대하실 때면 눈물을 흘리고 두려워하시며,

"어찌할꼬?"

하는 탄식만 하셨다.

선희궁께서 병으로 그러신 아드님을 아무리 책망하여도 어찌할 수 없었다. 다른 아들도 없이 이 아드님께만 몸을 의탁하고 계시니 차마 어찌 이 일을 하고자 하

셨겠는가. 그러나 이미 동궁의 병세가 이토록 극심하고 부모를 알지 못할 지경이니, 사사로운 정으로 차마 못할 일이라 미적미적하다가 마침내 증세가 위급하여 물불을 모르고 생각지 못할 일을 저지르게 된다면 사백 년 종사를 어찌하리오.

선희궁께서 영조대왕께 가서 울면서 아뢰기를,

"큰 병이 점점 깊어서 바랄 것이 없사오니, 소인이 모자의 <mark>정리</mark>에 차마 이 말씀을 못 할 일이오나, 옥체를 보호하고 세손을 건져서 종사를 평안히 하는 것이 옳습니다. 대처분을 하옵소서. 처분은 하시되 은혜는 베풀어 세손 모자를 평안케 하옵소서."

선희궁은 사도세자의 생모이나 아들의 비행이 심각해지자 그 화가 영조에게 이를까 봐 걱정했다.

하시니, 내 차마 그 아내로서 이것을 옳게 하신다고 할 수 없으나, 어쩔 수 없는 지경이었다. 내가 따라 죽어서 모르는 것이 옳되 세손을 위해 차마 결단치 못하고 다만 망극한 운명을 서러워할 뿐이었다.

남편의 위험을 느끼면서도 막을 수 없고, 아들인 정조를 지키기 위해 강하게 살아남아야 하는 혜경궁 홍씨의 절절한 마음을 상상해 보자.

영조대왕께서 들으시고 조금도 지체하지 않으시고, 창덕궁으로 거동한다는 명을 급히 내리셨다. 선희궁께서는 가슴을 치고 기절할 듯이 당신 처소로 가서 음식을 끊고 누워 계셨다.

경모궁께서는 부왕의 거동령을 듣고 두려워서 아무 소리 없이 기계와 말을 다 감추라 하시고 <mark>교자</mark>를 타고 경춘전 뒤로 가시며 나를 오라 하셨다. 근래에 동궁의 눈에 사람이 보이면 곧 일이 일어나기 때문에 가마 뚜껑을 하고 사면에 휘장을 치고 다니셨다.

그 날 나를 덕성합으로 오라 하시니, 그 때가 오정 즈음이나 되었는데 갑자기 까치가 수를 모르게 경춘전을 에워싸고 울었다. 이는 무슨 징조인가? 나는 이상하

기별(奇別) 먼 곳에 있는 사람에게 소식을 전하거나 연락함
정리(情理) 인정과 도리
세손(世孫) 왕세자의 맏아들
교자(轎子) 조선 시대에 지위가 높은 사람이 타던 가마

게 생각하여 허둥지둥하는 가운데 세손 몸이 어찌될 줄 몰라 달려가,

"앞으로 무슨 일이 있어도 놀라지 말고 마음 단단히 먹으라."
천만 번 당부하고 어찌할 줄 모르고 있었다.

그런데 거동이 무슨 일인지 늦으셔서 미시 후에는 휘령전으로 오신다는 말이 있었다.

경모궁께서 재촉하시어 가 뵈니, 그 장하신 기운과 말씀도 없이 고개를 숙인 채 생각에 잠겨 벽에 기대 앉아 계시다가 안색을 바꾸고 혈기를 누르며 나를 보셨다. 화증을 내고 오죽하지 않으실 듯, 내 명이 그날 마칠 줄 스스로 염려하여 세손을 경계 부탁하고 왔는데, 말씀의 기운이 생각과는 달랐다.

"아무래도 이상해. 자네는 살 수 있을 것이네. 그 뜻들이 무서워."
나는 눈물을 흘리며 말없이 손을 비비며 앉아 있었다.

부왕께서 휘령전으로 오셔서 경모궁을 부르시는데 그 때는 이상하게도 피하자는 말도 달아나자는 말도 하지 않으시고, 좌우를 물리치지도 않으시며, 조금도 화내는 기색 없이 용포를 달라고 하여 입으시며,

"내가 학질을 앓는다 하려 하니, 세손의 휘항을 가져오라."
하셨다. 내가 그 휘항은 작으니 당신 휘항을 쓰시게 하려고 내인에게 가서 가져오라 하니, 뜻밖에 대뜸 말씀하시기를,

"자네가 무섭고 흉한 사람이로세. 자네는 세손 데리고 오래 살려고, 내가 오늘 죽게 되었으니 꺼림칙해 세손의 휘항을 쓰지 못하게 하려는 건가."
하셨다. 천만 뜻밖의 말씀을 하시니 나는 더욱 서러워 다시 세손 휘항

사도세자는 옷을 편하게 입지 못하는 병에 걸렸는데 평소와는 다른 모습을 보이고 있다.

188

을 갖다 드리며 말했다.

"그 말씀이 마음에 없는 말이시니, 이를 쓰소서."

혜경궁 홍씨는 사도세자 사건에 대해 직접적으로 서술하는 대신 자신의 괴로움을 토로하며 우회적으로 기록하였다.

"싫네. 꺼림칙해하는 것을 써서 무엇 할꼬?"

이런 말씀이 어이 병환 든 이 같으시며, 어찌 공손히 나가셨는고? 다 하늘이니, 원통 원통하다.

영조가 사도세자의 죄를 물어 자결을 명한 것을 말한다.

날이 늦고 부왕께서 재촉하시자 경모궁께서 나가셨다. 영조대왕께서 든 휘령전에 앉아 칼을 안고 두드리며 그 처분을 내리셨다. 차마, 차마 망극하여 이 광경을 내가 어찌 기록하겠는가? 섧고 섧도다.

대왕께서 매우 노하신 음성이 들려 담 밑에 사람을 보내어 알아보니 경모궁께서는 벌써 용포를 벗고 엎드려 계시다고 했다. 대처분이 온 줄 알고, 천지 망극하여 가슴속이 무너지고 찢어졌다.

그 곳에 있는 것이 부질없어 세손이 있는 곳으로 가서 서로 붙들고 어쩔 줄 모르고 있는데, 신시 전후 즈음에 내관이 들어와 쌀 담는 궤를 내라 한다 하니 이는 무슨 말인고? 어쩔 줄 몰라 내지 못하고 있는데, 세손이 큰 일이 난 줄 알고 달려가,

영조는 사도세자에게 결국 뒤주에 들어가라는 명을 내렸다.

"아비를 살려 주옵소서."

하고 애원하였으나 대왕께서 나가라고 엄히 말씀하셨다.

세손을 내어보내고 해와 달이 깜깜해지니, 내가 한순간이나 세상에 머물 마음이 있겠는가? 칼을 들어 목숨을 끊으려 하니 옆의 사람이 빼앗아 뜻을 이루지 못하고, 다시 죽고자 하나 촌철이 없어 못 했다.

휘령전 나가는 건복문 밑으로 가 보니 아무것도

미시(未時) 하루를 열둘로 나눈 여덟째 시. 오후 1시부터 3시까지이다.
용포(龍袍) 임금이 입던 정복
휘항(揮項) 조선 시대 남자들이 쓰던, 머리에서 어깨까지 덮는 방한모
신시(申時) 하루를 열둘로 나눈 아홉째 시. 오후 3시에서 5시까지이다.
촌철(寸鐵) 작고 날카로운 쇠붙이나 무기

보이지 않고 다만 대왕께서 칼 두드리시는 소리와 경모궁께서,

"아버님, 아버님, 잘못하였으니, 이제는 하라는 대로 하고 글도 읽고 말씀도 다 들을 것이니, 이리 마오소서."

하시는 소리가 들렸다. 간장이 마디마디 끊어지고 앞이 막히니, 가슴을 두드린들 어찌하리오. 당신 용력과 장기로 거기를 들어가라 하신들 아무쪼록 아니 드시지, 어이하여 들어가셨는가. 처음은 뛰어나가려고 하시다가 이기지 못하여 그 지경에 이르렀으니, 하늘이 어찌 이토록 하시는고. 만고에 없는 설움뿐이며, 내가 문 밑에서 목 놓아 울어도 아무런 응답이 없었다.

세자가 이미 폐위되셨으니 그 처자가 대궐에 있지 못할 것이요, 세손을 밖에 두었으니 어찌할꼬? 차마 두렵고 조심스러워서 그 문에 앉아 영조대왕께 친정으로 나가겠다는 글을 올렸다.

☆ 세자가 폐위되자 그 빈인 홍씨도 서인이 되어 궐을 나가게 되었다. 혜경궁 홍씨와 정조는 친정에서 지내다가 후에 복위되어 궁으로 돌아온다.

나는 가마에 들어갈 때 기절하였는데 윤 상궁이 주물러서 겨우 명이 붙었다.

친정에 도착한 나는 건넛방에 눕고, 세손은 내 작은아버지와 오라버니가 모셔 나왔다. 나는 자결하려다가 못 하고 돌이켜 생각하니, 십일 세 세손에게 첩첩한 고통을 남긴 채 내가 없으면 세손이 어찌되시겠는가. 할 수 없이 참아서 모진 목숨을 보전하고 하늘만 부르짖으니, 만고에 나 같은 모진 목숨이 어디 있겠는가.

이십일 신시쯤 폭우가 내리고 뇌성이 울렸다. 뇌성을 두려워하시던 일이 생각나 어찌되셨는가 하는 생각이 차마 형용할 수 없었다. 음식을 끊고 굶어 죽고 싶고, 깊은 물에도 빠지고 싶고, 수건을 어루만지며 칼도 자주 들었으나 마음이 약하여 강한 결단을 못 하였다. 그러나 먹을 수가 없어서 냉수도 미음도 먹은 일이 없었다.

☆ 사도세자는 뒤주에 갇힌 후 팔 일 만에 숨졌다.

그 날 밤에 하릴없이 계셨다고 하니, 비 오던 때가 동궁께서 숨지신 때던가 싶다. 차마 어찌 견디어 그 지경이 되셨던가. 그저 온몸이 원통하니 내 몸 살아난 것이 모질고 흉하다.

궁으로 돌아온 홍씨

☆ 사도세자가 죽은 후 영조는 손자인 정조를 세자로 삼았다.

칠월에 세손이 국본이 되시고, 팔월에 영조대왕을 뵈니 나의 슬픈 회포가 어떠하겠는가마는 감히 말씀 드리지 못하고 다만,

"모자 함께 목숨을 보전함이 모두 성은이로소이다."

하고 울며 아뢰었다. 대왕께서 내 손을 잡고 우시면서,

"네 그러할 줄 모르고 내 너 보기가 어렵더니, 네가 내 마음을 편케 하니 아름답다."

하는 말씀을 들으니 내 심장이 더욱 막히고 모질게 살아남아야 한다는 생각이 더욱 강해졌다.

"세손을 경희궁으로 데려다가 가르치시기를 바라옵나이다."

라고 아뢰자,

"네가 세손을 떠나 견딜 수 있겠느냐?"

하시기에 나는 눈물을 흘리며 말했다.

"떠나서 섭섭한 것은 작은 일이요, 위를 모시고 배우는 것은 큰 일이옵니다."

☆ 사도세자가 어린 시절부터 부왕과 떨어져 있어 부자 사이가 더욱 멀어졌다고 생각한 홍씨는 영조가 직접 손자를 데려다 교육시키기를 바랐다.

그렇게 세손을 경희궁으로 올려 보내려 하니 모자가 떠나는 슬픔이 오죽하겠는가. 세손이 차마 나를 떨어지지 못하여 울면서 가시니 내 마음이 칼로 베는 듯했다.

초등필수 단어장

국본(國本) 왕세자
회포(懷抱) 마음속에 품고 있는 생각이나 정

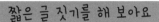

짧은 글 짓기를 해 보아요

1   존대

2   남부끄럽다

3   소견

4   곧이듣다

5   하릴없이

 이해력을 길러요

1   '한중록'에 등장하는 인물들의 관계를 정리하여 빈 칸을 채워 봅시다.

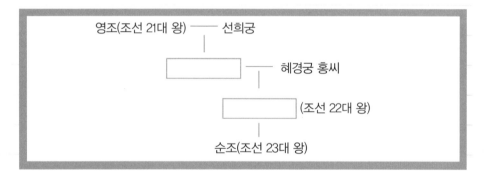

2   각각의 인물은 어떤 성격을 갖고 있나요?

혜경궁 홍씨	친정 부모님이나 시아버님에 대한 효심이 깊고 남편을 위하는 마음이 크다. 괴로움을 이겨 내고 아들을 지키려는 강한 모성을 보여 준다.
영조	
사도세자	

사고력을 길러 보아요

1 홍씨는 '한중록'에서 영조와 사도세자가 불화한 주된 이유를 무엇으로 들고 있나요?

2 사도세자의 어머니인 선희궁이 아들의 대처분을 청한 이유는 무엇인가요?

논리력을 길러 보아요

1 '한중록'에는 사도세자 사건을 바라보는 혜경궁 홍씨의 시각이 담겨 있습니다. 사도세자
   사건에 대한 다른 자료를 찾아 보면 같은 역사에 대해 매우 다른 해석이 존재함을 알게
   될 것입니다. 이렇게 다양한 시각에서 다룬 역사 기록을 우리는 어떻게 받아들여야 할지
   생각해 봅시다.

슬견설

이규보 지음

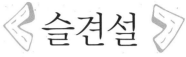

누군가 나에게 "개를 죽이는 것을 보고 불쌍해 이제부터 고기를 먹지 않기로 했다."라고 말합니다. 그러자 나는 "이 잡는 것을 보고 불쌍해서 이제 이를 잡지 않기로 했다."라고 대꾸합니다. 그리고 개와 이의 목숨은 모두 다 소중하다는 나의 생각을 펼쳐 보입니다.

이것만은 꼭 알고 가자!!

☆ 虱: 이 슬, 犬: 개 견, 說: 말씀 설
'이와 개에 관한 생각을 담은 글'

'슬견설(虱犬說)'은 고려 시대의 문인인 이규보가 쓴 한문 수필입니다. '설(說)'은 사물이나 사건의 뜻과 이치를 해석하고 자기 의견을 서술하여, 독자들이 미처 생각하지 못했던 것을 깨우쳐 주는 글의 종류입니다.

'슬견설'은 '이'와 '개'라는 소재를 통해, 사물을 겉모습으로 볼 것이 아니라 그 본질을 제대로 파악할 줄 알아야 한다는 깨우침을 주고 있습니다.

짧은 글이지만 매우 깊고 넓은 뜻을 품고 있으니, 사물을 바라보는 시각과 생명의 본질에 대해 깊이 생각해 보는 기회가 될 것입니다.

슬견설

누군가 나에게 이렇게 말했다.

"어제 저녁에 어떤 사람이 몽둥이로 개를 때려 죽이는 것을 봤네. 너무 불쌍해서 마음이 아팠네. 이제부터는 개고기나 돼지고기를 먹지 않을 생각이야."

그 말을 듣고 나는 이렇게 대답했다.

"어제 저녁에 어떤 사람이 화로 옆에서 이를 잡아 태워 죽이는 것을 봤네. 마음이 아팠네. 그래서 다시는 이를 잡지 않겠다고 맹세했어."

그러자 그는 화를 냈다.

"이는 하찮은 존재가 아닌가? 나는 큰 동물이 죽는 것을 보고 불쌍한 생각이 들어 한 말인데, 어떻게 그런 사소한 것이 죽는 것과 비교를 하나? 지금 나를 놀리는 건가?"

나는 더 자세히 설명해야겠다는 생각이 들어 이렇게 말했다.

화로(火爐) 방 안의 난방을 위하여 숯불을 담아 놓는 그릇
이 사람의 몸에 붙어살면서 피를 빨아먹는, 납작한 타원형의 흰색 또는 갈색의 곤충

핫트픽수 단어장

"살아 있는 것은 사람으로부터 소, 말, 돼지, 양, 곤충, 개미에 이르기까지 모두 똑같이 살기를 원하고 죽기를 싫어한다네. 어떻게 큰 것만 죽음을 싫어하고 작은 것은 그렇지 않겠나? 그렇다면 개와 이의 죽음은 같은 것이 아니겠나? 그래서 한 말이지 놀리려는 뜻은 아니었네."

나는 더 이어서 말했다.

★ 모든 생명을 똑같이 소중하게 여겨야 한다는 작가의 생각이 드러난다.

"그대의 열 손가락을 깨물어 보게. 엄지손가락만 아프고 나머지 손가락은 아프지 않은가? 우리 몸에 있는 크고 작은 부분 모두 그 아픔은 같다네. 개나 이나 각기 생명을 받아 태어났는데 어떻게 하나는 죽음을 싫어하고 하나는 좋아하겠나? 눈을 감고 조용히 생각해 보게. 달팽이의 뿔을 소의 뿔과 똑같이 생각하고, 메추리를 커다란 붕새와 똑같이 생각하도록 하게. 그런 뒤에야 우리는 함께 도를 말할 수 있을 걸세."

각기(各其) 사물이 저마다 모두 따로 따로
붕새 상상 속의 새로, 매우 커다랗고 하루에 구만 리를 날아간다고 한다.
도(道) 사람이 마땅히 지켜야 할 바른 도리

이해력을 길러요

1. '슬견설'의 주제를 한 문장의 글로 정리해 보세요.

사고력을 길러 보아요

1. 이 글의 작가는 모든 생명이 소중하니 이나 모기와 같은 곤충도 절대로 잡아서는 안 된다
   는 생각을 이야기하려 한 것일까요? 작가가 하고자 하는 말이 무엇인지 말해 봅시다.

논리력을 길러 보아요

1. 하나의 주제를 정한 후 '슬견설'과 같이 적절한 예를 들며 자기 생각을 주장하는 글을 써
   보세요.

고전에서 읽는 지혜

사창에 홀로 앉아 수놓기도 지쳤거늘
우거진 꽃밭 속 꾀꼬리 소리 요란하다.
살랑이는 봄바람을 부질없이 원망하여
가만히 바늘을 멈추고 생각에 잠기노라.

길 가는 저 사람은 어느 집 도련님인고?
푸른 수기 넓은 띠만 버들 사이로 비치네.
이 몸이 제비 되어 훨훨 날 수 있다면
주렴을 사뿐히 걷고 담장 뒤로 날아가리.

〈이생규장전〉에서